DENMA

THE
QUANX
19

양영순

네오카툰

에 필 로 그

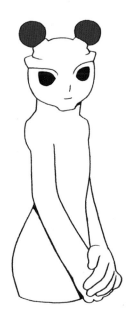

A.E.

탕

나와!

뭐… 뭡니까?
당신들 누구요?

고산가에서
왔다.

……

나… 나를…
어디로 데려가는
겁니까?

고산 공작님께서
널 바후 백작과 같은
방법으로 처리
하라셔.

예?
고산 공작…?

그… 그럴리가…
모르비톨 합성 독에
쏘이는 걸 내 눈으로
확인했는데…

그 독성에…
어떻게 살아 있는 거지?
그건 불가능해.

슈
슈슉

아… 안 돼!

!

오, 맙소사!

ZZZ…

저…
저 친구…

아, 이 사람아!
왜 아침부터 졸고
있어?

촉매제 회수 라인
꺼진 상태로 밀봉까지
돼버렸잖아!

아, 미안.
엊저녁에 아들 놈
숙제 도와주다…

아이 참,
이 비싼 걸…
한두 개도 아니고
아까워서 어째?

에이, 할 수 없다.
이 불량품들은 외행성
물량에 섞어 팔아
치우는 수밖에.

속

물건… 왔나?

아, 그렇지 않아도
연락드리려고 했어요.
여기요.

그래, 역시
모르비톨 순도는 여기 게
최고라니까.

A.E.

우와아아…

이게 주교들 밥상에만 올라간다는 그 김치…?

이런 귀한 선물을… 이거 어떻게 감사를 드려야 할지…

송구합니다. 총장님 보살핌의 답례로는 많이 부끄럽네요.

별말씀을요! 종단 먹거리 버킷 리스트 중 최고 아닙니까!

ㅎㅎㅎ… 종종 이런 식으로 찾아 뵙겠습니다. 그럼 이만…

감사합니다, 국장님.

네, 또 인사 올리겠습니다. 총장님.

……

네, 아버지도 이번 연휴 잘 보내세요.

감사합니다, 주교님.

아, 복귀 때 말씀 드렸던 전 감찰국장 발락 말인데요.

그렇지 않아도 조만간 복귀시키려고요.

마침 기무사 팀장 자리가 공석이라 그분이 거절만 안 한다면 바로…

11

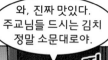

와, 진짜 맛있다.
주교님들 드시는 김치
정말 소문대로야.

띠리릭

냠
냠

한 달 내내
이것만 먹을 수도
있겠어.

응? 오?
웬일이냐?

사… 삼촌…

……

텅

!

총장…!

저게 미쳤나?
총장님이 오냐오냐
해주시니까 뵈는 게
없어?

……

나 외행성에
다녀올게!

여기 소풍 온 줄 알아?
네 죄값을 치르고 있는
중이라고!

응?

왜…?
왜 왕이 됐는데 형제들을 모함해서 쫓아내고 죽여?

그냥 사이좋게 지내면 되는 거였잖아.

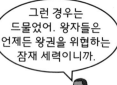

그런 경우는 드물었어. 왕자들은 언제든 왕권을 위협하는 잠재 세력이니까.

이건 왕의 결정이라기보다는 주변 집권 세력 간의 알력 싸움의 결과야.

최고 권력자는 오직 한 사람이어야 하거든.

……

이사, 넌 만일 저런 경우라면 날 어떻게 할 거야?

……

뭐래? 왕자들이나 할 고민을 우리가 왜…? 넌 네 필기 노트나 숨기지 마.

아, 만일에 말이야. 응?

그러는 넌…? 어떻게 할 건데?

내가 먼저 물어봤잖아. 날 내쫓을 거야? 아니면…

흠…

……

우와, 이 자식! 야심 있네! 이게 그렇게 고민할 거리란 말이지?

자, 왕위 다툼은 그만! 진도 나갑시다!

ZZZ…

ZZZ…

……

무척 평온해 보이는군.

네, 그동안 고생했으니 두어 달 쉬어야죠.

란은 이후에 어떤 계획이래?

휴식기 끝나면 드라마 시나리오를 쓰겠답니다.

재미난 인과율 자료들을 조합해 작가로 살겠다네요.

아하!

종단 문화 사업부와는 이미 계약했대요.

란의 은퇴는… 역시 죠슈아 형제들이 세상 밖으로 나온 것 때문인 거지?

네, 이미 하데스 침입 때 생사를 오갔으니… 이제부턴 전혀 다른 레벨의 계산 능력이 필요 하거든요.

그럼 현재 란을 이어 종단 인과율을 맡고 있는 건…?

스 이 잉

여기 런, 론, 룬, 린. 이 네 형제가 맡고 있습니다.

선배, 죄송해요.
전 더 이상은 못 들어
갑니다.

무슨 소리야?
여기까지 함께해줘서
그저 감사할 뿐인걸.

용무 끝나는 대로
불러주세요.

고마워.

건투를 빕니다.

끄으응…

!

경고한다.
당장 경계선 밖으로
나가지 않으면

바로
물리력 행사에
들어간다.

닥치고
이사와 유다에게
전해!

나 발락이
급한 용무가 있어
여기 와 있다고!

!

다시! 눈감고…

이미지! 이미지!

과일에 손대지 않고 하는 거야.

그러려면 각자의 기술 몇 가지를 결합해야겠지?

자, 이제 바구니를 뒤집으면 과일이 쏟아진다…

쏟아진다… 쏟아진다…

쏟아!

와르르

툭

역시 이사… 잘했어!

아, 난 손을 대지 않고는 불가능해.

치잇…! 이사는 좋겠다. 맨날 이겨.

그럼 나 이제 먹어도 되지?

오늘 수업은 여기까지!

근데 이런 수업은 왜 하는 거야? 매번 뭘 적어 가?

뭘 적긴! 성적을 내고 있잖아.

둘 중에 누굴 뽑을지. 자리는 하나뿐이니까.

응? 뽑아? 자리가 하나? 그건 또 무슨 소리야?

아…

17

크흐윽…!

끄으으으…

…으으윽!

하아 하아

……

틱
틱

……

다녀올게.
데바님 잘 좀
부탁해.

후으으…

아, 치료제 효과가
본격적으로…

모든 생체 활동
수치들이 상승하고
있어요, 선배.

이런 속도라면…

재활 기간 포함해
두어 달 뒤면

일상으로의
복귀가 가능할 것
같아요.

두 달 뒤

타

와아… 훌륭해요, 넬!

대단히 안정적인
걸음걸이야.

넬 데바는
회복 속도가 가장 빠른
제1군에 속해요.

축하해요.
며칠 뒤면 뛸 수도
있을 듯.

21

실은 저…

지금이라도 당장 뛸 수 있을 것 같아요.

네? 설마…

……

예에에에에… 좋아, 아주 좋아!

완치제 홍보 영상 찍냐?

네? 저를요?

예, 데바님을 무척 만나고 싶어하는 사람입니다.

잠시 얘기 나누시죠.

……

떡

오케이!

나 좀 도와.
기력 보충하게
그것 좀 잔뜩…

츠ㅈㅈ

……

투둑

너 언제 걸
따오는 거야?

당연히
작년 우리 생일…

그래, 역시
그날 먹었던 게
제일 맛있었지.

이것… 들은
알이 좀 작네.

아, 잘 익은 놈들은
여기 몰려 있다.

……

자… 잠깐만!
유다, 너 지금 뭘
하는 거야?

네 생일에
먹던 걸 따온다고?

그… 그럼…
사람은?

사람도 가능해?

글쎄, 이거
최근에 발견한
기술이라

사람은 아직
해본 적 없는데…

근데…
가능하다고 해도
그러면 안 되잖아. 과일
몇 개라면 모를까…

야, 그렇게 얘기하면 이사는 뭐가 돼? 얘기했잖아! 저거 과일 몇 개보다 하찮은 놈이라니까!

당장 내 오른 팔 좀 붙여놔봐!

아, 왜 소릴 질러? 애 놀라게!

치지직

지금 옳고 그름을 가릴 때냐?

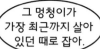

그 멍청이가 가장 최근까지 살아 있던 때로 잡아.

응!

즈응

츠즈즈

그럼…

오케이!

곽

좌아악

응?

아, 뭐야? 삼촌! 여긴 어디야?

후으으…

나 이럴 때가 아니란 말야! 어서 제자리로…

……

선배, 이 이벤트 끝나면 바닥에 깔아둔 저 비싼 꽃들은 어떻게 할 거예요?

전부 내 돈으로 산 거니까 마지막 한 송이까지

너희 기수에게 악착같이 팔아 넘기려고.

아, 예에에… 참 지혜롭습니다.

자, 이델님이 요청하신 VR배경 깔아드리고

오후 일정 밀린 우린 여기서 퇴장!

툭

팟

……

발락, 자넨 두어 달 전 8우주의 제1금기를 건드려 종단 타임라인을 엉망으로 만들었어.

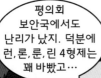

평의회 보안국에서도 난리가 났지. 덕분에 런, 론, 룬, 린 4형제는 꽤 바빴고…

먼저, 예정대로 이델 군이 사망 하거나

유다에겐 이번 일에 책임을 지겠다고 했다지?

계산 결과 종단 계획의 차질을 막으려면 두 가지 방법이 있더군.

아니면 4형제가 지정한 8우주 귀퉁이의 작은 마을 하나를 쑥대밭으로 만들거나.

도대체 어떻게 해결할 셈인가?

A.E.

근데 얼굴은 왜 그래? 넘어졌어?

당분간 통화가 안 될 거야. 그거 알리려고.

넘어졌어는 내가 읊을 대사다.

응, 알았어! 바쁘니까 끊을게.

틱

······

······

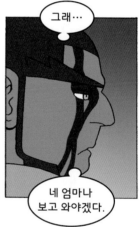

그래···

네 엄마나 보고 와야겠다.

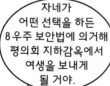

자네가 어떤 선택을 하든 8 우주 보안법에 의거해 평의회 지하감옥에서 여생을 보내게 될 거야.

우리가 할 수 있는 일이라곤 자넬 그곳까지 이송하는 것··· 정도겠군.

······

······

다이크…?

끄응…

가… 가이린!

그… 그랬구나. 그럼 지금 엘 백작은…

얄궂게도 내 애인이 돼버렸어.

그 사람을 향한 내 증오심의 장벽이 꽤 견고할 줄 알았는데

어설픈 연민의 감정이 끼어들어서는…

그나저나 넌 그간 고생 많았구나.

덕분에 잊고 있던 사람도 떠올렸네.

테이 씨… 어떻게 지낼지 너무 궁금해. 소재지만 파악하고 아직 못 만났다고?

응, 근데… 이제 굳이 만날 필요가 있나 싶어. 괜하게…

그럴 리가. 사과와 감사의 메시지는 언제든 좋은 거잖아.

······

뭔데? 뭔데?
도대체 뭐냐고?

그래, 틀림없어!
우연을 가장한 치졸한
수작…

끄아아아…

왜 하필
그 자식이야?
왜 또 가이린 앞에
등장해서…

안 돼! 안 돼!
가이린을 빼앗길 수
없어!

내가 물건이냐?
빼앗기게?

내 이 자식을
당장 롯에게
얘기해서…

말도 안 돼!

얘기해서 뭐?
나한테 의미 있는 존재로
만들어주려고?

바로 그거야.
어서 그 말도 안 되는
의식의 흐름 좀
끊어버려요.

당신,
쫄보처럼 굴 거야?
내가 믿고 의지할
듬직한 울타리가
돼주겠다며?

아, 그래!
우리 어서 아이를
갖자!

그렇게 급하면
인공수정이라도
알아볼까?

히잉…

대화의 맥락
어이가 없네. 틈만
나면 시도하고
있잖아요.

난 유신론자야.
신이 주신 방법이
아니면 안 돼.

......

......

뭐?

타다닥

!

브라더, 초대 가수는 보고 가야지?

나 이제 왔어! 마왕님, 어디 계셔?

고산가 경영 개편?

예, 고산 공작의 거처부터 옮기고 있다고 합니다.

그럼… 경영 지휘는 공작의 사촌형이 맡게 되겠군.

그렇습니다. 그런데… 경영권 교체에 따른 명분으로 공작의 신변에 대한 책임을 물어

조만간… 백경대로 마왕님을 치겠답니다.

뭐?

분위기가…
많이 바뀌었네.

콕 집어
뭐라 얘기할 수는
없는데

이전과는
확연히 다른 아우라…

어쩐지 나만
정체돼 있는 기분이
들었어.

더 이상
녀석의 생각이 들리지
않는 건

역시
강화 시술의 여파일
텐데… 좀 아쉽다.

다이크!

이사님!

가자.

슈슈슉

예?
어디로…?

……

뭡니까?

분쇄기
들어가기 전에 빼돌린
고산가 쓰레기들.

확인할 흔적들이
있어.

전부 뜯어서
여기서부터 일렬로
쭉 늘어놔.

……

고산이 피우는
담배 알지? 넌 그것들
보이는 대로 골라내.

옛썰!

……

이건 별 내용
없고…

……

마찬가지…
이건 뭐야?

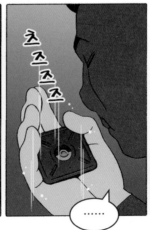

……

……

숙

탁

말씀드렸을
텐데요, 아가씨.

이런다고
달라지는 건
없습니다.

원칙입니다.
안 된다고 하셨으면
안 되는 거예요.

비켜요!

나 농담
아니에요!

그런 물건
저희한테 소용없는 거
잘 아시잖아요?

끄흐윽…!
퉁
퍽

자, 이래도
내가 장난하는 걸로
보여요?

비켜!
어서 비키라고!

아… 아슬린 아가씨!

고산 오빠
못 만나게 하면 이번엔
내 머리를 쏠 거야!

39

끄응…

그렇게 말렸건만 기어이…

아슬린, 이 녀석 고집이 보통이 아니네.

어떻게 할까요?

그래, 차라리 이번 기회에 고산이 어떤 상태인지

두 눈으로 똑똑히 확인하는 게 나을지도…

예…
예, 그럼…

크흐으윽…
오빠 한번 보겠다는 이 처철함…

아가씨, 이사님께서 이번만 허락하신답니다.

스윽

헤헤…

……

누구…?
간호사? 새로 왔나?

……

이번에는…
약을 잘 섞어 쓰는 친구이길 바라.

콜록

콜록

고…
고산 오빠…

현재 우리 화력으로 백경대를 상대할 수 있을까?

……

길고 짧은 건 대봐야 안다지만 백경대가 동원 된다면…

답이 없는 것 같다.

운이 좋아서 마왕님을 지켜낸다고 해도

조직을 다시 재건할 수는 없을 거야.

제기랄! 넘사벽 전투 큉들 입에서 저런 소리가 나오다니…

고산이 여기 약물로 망가지고 있다는 게 그나마 위안이었는데…

뭐라도 해보겠다고 강화 시술까지 받았는데…

그저 고산의 하수인들 손에 처참하게 발리는 걸로 끝나는 건가…?

아, 됐어! 백경대가 별거야?

난 한 놈이라도 더 잡다가 갈 거야!

그나저나 롯, 이 양반은 왜 안 보여?

오전에 마왕님 회의 들어가기 전에 우리랑 얘기 좀 하자니까…

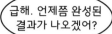

급해. 언제쯤 완성된
결과가 나오겠어?

아무리
빨라도… 내일 오후?
파일로 보낼 테니
확인해.

오전 회의가 있어.
아무리 늦어도 내일
오후로 알고 간다.

기존 보수의
2배로 알고 작업한다.

예, 우루사의 제보는
모두 사실이었습니다.

최근 배출된
고산가의 일반폐기물들이
그 증거예요.

담배꽁초도
안 보입니다. 거처는
이미 옮긴 것으로
판단되네요.

그럼 역시…
마왕님을 치겠다는 건
권력 이양 사실을 8 우주
관계자들에게 알리는
일종의 신고식.

그게 아무리
상징적인 이벤트라고
할지라도 타깃의
범위와는 관계
없이

마왕님을
최우선으로 노린다는
것이 가장 큰 문제
네요.

그럼 뭘 고민해?
날 내주고 조직을
구하면 되지.

감정적인 곡해는
말아주세요. 마왕님께
문제가 생기면 우리도
끝입니다.

……

일단 고산가의 새 책임자에게 이번 일과 관련해

직접 면담을 요청하는 건 어떻겠나?

저도 그 말씀을 드리고 싶었어요.

주인께서 직접 협상의 여지를 타진하겠다고 하면

고산가의 반응에 따라 그들이 의도한 타격의 범위를 바로 알 수 있을 겁니다.

최악의 경우라도 피해 범위를 최소화해야 하니까요.

롯, 지금 우리 화력으로 백경대에 맞설 수 있나?

……

아뇨. 어림도 없습니다. 절대로 이길 수 없어요.

지나치게 단호하군. 화력 보강은 자네 책임이잖아.

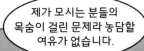

제가 모시는 분들의 목숨이 걸린 문제라 농담할 여유가 없습니다.

백경대가 팀플레이로 작전을 짜고 들어온다면 놈들을 막을 수 있는 팀은 이 8우주엔 없어요.

우리 팀 에이스들이 전력을 다 한다고 해도 백경대 전력의 3분의 1이상은 건드릴 수조차 없습니다.

우리는 백경대에게 전멸당합니다. 그게 눈앞에 닥친 현실이에요.

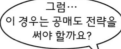
그럼…
이 경우는 공매도 전략을
써야 할까요?

그렇습니다, 대모님.
주가 하락이 예상되는
종목에 투자해서…

똑
똑

!

아, 수업 중…?
죄송해요. 이따
다시…

아, 아니에요.
방금 끝났는데
질문이 있어서…

내일
또 뵐게요.

네, 수고
많으셨습니다.

나즈레 님,
이 시간에 무슨
일이에요?

이거 어떻게
감사 인사를 올려야
할지…

이번에도
저희 일족에게
엄청난 후원을
해주셨더군요.

감사합니다.
저희에게 이렇게까지
베풀어주시는 분은
대모님뿐입니다.

몇 해 전…
일족 그 누구도
예지몽의 메시지를
받지 못한 채, 테러의
희생양이 된 이후

데바림들은
8 우주의 비웃음거리로
전락해 어떤 도움도
받을 수가 없었죠.

46

그때, 경비 인력과 구호 물품으로 저희를 살리셨는데

저희가 자립할 수 있는 기반까지 마련해 주시고…

거기다 이렇게 매번… 어떻게 이 은혜를 갚을 수…

별말씀을요. 어서 옛 명성이 회복되기를 간절히 바랍니다.

근데 이건 뭔가요?

아, 저희에게 기부해주신 농장에서 이번에 수확한…

……

그제 마왕팀 간부 모임에 등장한 누브레입니다.

마왕의 배후로 지내면서 엘 백작 시절의 부를 축적 중이라고 합니다.

뭐야, 그럼…

날 이 꼴로 만든 게 그놈 계획…?

엇? 뭐야? 여긴 어떻게…?

왜? 내가 내 집 드나드는데 누구 허락이라도 받아야 돼?

아슬린이 날 재활센터에 집어 넣겠대.

당분간 있게 될 테니까 앞으로 업무 보고는 거기 와서 해.

제 무례함을 용서 구합니다, 이사님.

제 판단을 전적으로 지지해 주실 거라 믿고 있습니다.

유일한 혈육인 고산 오빠를 누구보다도 아끼시잖아요?

앞으로는 저도 학업 틈틈이 공작님의 회복을 위해 최선을 다하겠습니다.

......

......

뭐… 꽤 잘 만들었네.

꽤 잘이라니? 테스트 결과 완전히 똑같다니까!

물론 같은 소재로 레이어 하나 덧씌웠다고 내 수고를 평가 절하하면 곤란해.

야, 야! 부러져!

부러지긴? 이거 탄성 장난 아니거든?

슈 슈 슉

사용할 땐 이렇게 겹쳐 끼우기만 하면 돼.

근데… 그건 어디다 쓰려고?

유언장…

48

그만. 그쪽 뜻 충분히 알겠고요. 그렇게 전하죠.

부디… 면담이 성사될 수 있도록 말씀 잘 좀 부탁드립니다.

……

뭐? 마왕이란 놈이 와서 인사하겠다고?

이런 괘씸한 놈들을 봤나…

날 이 꼴로 만들어놓고 하수인을 보내?

전해. 누브레 본인이 직접 와야 만나준다고.

떨거지로 날 간보려는 태도에 대노했다는 것도.

내 몰골을 정리할 시간이 필요하니 3일 준다.

그사이 도망치든지 아니면 스스로 목숨을 끊는 게 나을 거야.

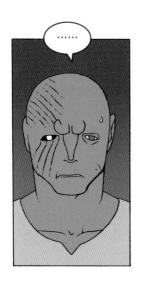

……

……

어르신, 제가 고산가에 가서 상황을 설명하고…

아니야. 요구가 분명해. 내가 가야 돼. 자넨 여길 맡아야지.

예?

내 아이디어
어때?

그… 그게
가능할까요?

가능할까요라니?
선택의 여지가 없어.

현재 우리 화력으로는
이 방법 말고는…

롯!

아, 음란마귀 님!

넌 인마, 지도부에
뭐라고 했길래 초상집
분위기야?

뭐라고 하긴요?
사실대로 얘기했죠.
우린 끝장이라고.

왜요? 나 대신
백경대랑 싸워줄
거유?

그건 경우가
아니지!

이사님아!

고산가에서
마왕님 대신 어르신을
오라고 했대!

뭐? 그럼…

아… 안 돼!
못 가! 안 가!

......

......

괜찮겠어?

그럼! 만나서 얘기하는 게 전부인걸. 어려울 게 뭐야?

......

근데…

왜 이렇게 기분이 복잡하지?

ZZZ…

!

......

팅
티
링

!

다브네스
금화로군요.
죄송합니다.

도로
가져가시죠.
저희는 몇 해 전
신으로부터 버림을
받았습니다.

선생, 데바림들에게
일어난 일에 대해서는
잘 알고 있네.

자네들보다
훨씬 이전에 버려진
우리들도 낯짝 들고
다니는걸.

저희가
볼 수 있는 우주는
이제 지극히
작아졌습니다.

아무렴…
한 치 앞도
못 보는 나보다는
낫지 않겠나? 다음
이야기를 들려줘.

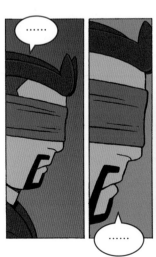

……

……

이전보다…
마음이 더 붙잡혀
계시네요.

1인자에 대한
열망이 어르신을
태울지 모릅니다.

왕좌의 임자는
따로 있거든요.

부디 주인을
방패 삼아 2인자로
오래 남으세요.

끄응…
또 그 소리로군.

이것이 제가
어르신께 전해드릴 수
있는 마지막 메시지
였습니다.

마지막이라니…?

제 신변의 변화로
다시 뵙기는 어려울 것
같네요.

이봐, 선생. 모자
가져가야지?

노잣돈은 제겐 아직
필요 없습니다.

슈슈슉

젠장!
도대체…

이사님, 지시하셨던
마왕의 핵심 유통망
100여 곳을 모두
파악했습니다.

그래?
수고 많았어.

푹

이제부터는
고산의 지시에
따르도록 해.

예?

나즈레 님,
좋은 아침!

좋은 아침…

대모님,
좋은 아침입니다.
다녀올게요.

응? 좋은 아침!
어디 가세요?

장보러
가려고요. 채소도
사야 하고…

두부도
필요해서요.

!

두부…?

끄덕

후우우…
2개월이래.

어… 어떻게 할까?

지금은 안 돼.
준비가 안 돼 있잖아.
자기도 나도.

……

미… 미안해.

저기… 두 분
말씀 중에 대단히
죄송합니다만

혹시…
임신 중지 수술 비용이
필요하지 않으세요?

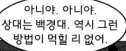

아니야. 아니야. 상대는 백경대. 역시 그런 방법이 먹힐 리 없어.

이 자식이… 왜 사람 말을 못 알아 먹어? 누가 먹힌대? 방법이 그것밖엔 없다니까.

안 그러면 지지부진한 개싸움. 이겨봐야 상처뿐인 영광이라고.

나야 천하무적이라 멀쩡하겠지만 문제는 나머지야. 누가 살 수 있겠어?

아니, 그럼 이 계획의 가능성 테스트라도 할 수 있어야죠.

백경대를 상대로, 목숨 걸린 현장에서, 단 한 번의 기회? 뭐야, 이거…

아, 됐어! 하기 싫음 당장 짐 싸서 나가!

그런 배짱도 없는 주제에 간부가 되겠다고?

네 역할이 뭐야? 목숨 걸고 회사 지키는 거잖아!

제 할 일 놔두고 왜 상사한테 시비야? 정신 못 차려?

실패하면… 어쩔 건데요?

뭘 어째? 순간이동으로 튀고 다른 살길 찾아 봐야지.

야, 원래 견고해 보일수록 허점도 많은 거라니까!

자기들 능력만 믿고 가장 기본적인 포인트를 간과한단 말야!

......

좋아요!
할 테니까 될 때
나 데려가기,
약속!

......

그럴 여유가
있으려나? 너무
위험한데?

아, 약속해요!

안 그럼
나 진짜 짐 싸서
나간다!

뭔가 의미있는 걸
선물해주고 싶어.

갖고 싶은 게
있으면 뭐든지
얘기해줘.

고산 공작
만나기 전에…

혼인신고서에
서명해줘요.

아…

물론이지!
이제 여부가 있나!

사랑해, 가이린!
사랑해!

응?

그럼 이 몰골로 내가 하리?

형이 접대해. 난 당일 메시지만 보낼 테니까.

나보고 누브레를 응대 하라고?

소탕 계획 세웠던 사람이 나가야지. 나 감기라도 걸리면 책임질 거야?

아… 알겠어.

틱

부디 주인을 방패 삼아 2인자로 오래 남으세요.

끄응…

다니엘!

팅

네, 이사님.

……

……

마약왕 일행이 오는 거 알고 있지?

일단 면담을 빌미로 두목을 수행원들과 떼놓을게. 내가 찻잔을 입에 대면

예, 어떻게 하시겠습니까?

밖에서 대기 중인 쿵 놈들은 전부 치우고 누브레는 생포한다.

몸 사려요.
괜히 나서지 말고.

책임질 사람이
하나 더 늘었으니 조심
해야지.

이 기쁜 소식은
다녀와서 알릴게.

응.

……

방패 역할은 전부
롯에게 맡기고 위험하다
싶으면 바로 내게로 와!
알았지?

아, 빨리
확답을 줘요!

아, 알겠다고!
더럽게 징징대네!
네 인공지능이나
체크해!

분명히 약속했어!
나 완전 믿는다!

지로! 포장…

여기
있습니다.

어르신
잘 모시고…

네, 주인님!
반드시 좋은 결과를
가져 오겠습니다.

여러분,
좋은 아침입니다!

이제
출발할까요?

슈슈슈슈

......

그럼 다니엘은 언제 오겠다고?

공작님 심부름이 늦어지고 있답니다. 일 처리는 저희에게 맡기시면 되겠습니다.

이사님, 누브레 일당이 도착했습니다.

그래, 여기로 데려와.

......

현재 백경대 인원이 기존보다 3배 이상 늘어난 건 알고 하는 소리지?

아, 그러니까 이 방법밖에 없다는 거죠. 우리 역할은 말씀드린 대로.

제일 좋은 건 서로 얘기가 잘돼서 충돌 없이 끝나는 건데… 뭐, 여차하면 어르신 모시고 튀어요.

다이크! 준비물 챙겼어?

잠시만요! 오케이, 세팅 끝났고…

예, 안주머니에 잘 있습니다.

두 분이야말로 준비 끝났어요?

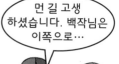

먼 길 고생 하셨습니다. 백작님은 이쪽으로…

별말씀을요. 면담에 응해주셔서 다시 한번 진심으로 감사드립니다.

아, 여러분은 여기서 기다려요.

자네들은 거기서 대기하게.

……

뭐? 그게 무슨 소리야?

면담 끝나면 보자고.

여긴…

어떤 용도로 쓰이던 공간 인가요?

집 안에 있던 거.

툭

......

어… 어르신…

아니야…
이럴 수는 없어!

이보시오, 공작!
방문한 손님에게 어떻게
이런 짓을…

흐흐흐흐…
손님?

슉슉슉

그게 지금 날
이 꼴로 만든 가해자가
할 소리냐?

슉슉슉

하긴
벌레들의 양심
수준이란 게…
뻔할 테지.

잘 들어.
오늘은 8 우주 대청소의
날, 꼼꼼하게
치울 거야.

두 번 다시
너희 같은 것들이
생기지 않도록.

너희가
여기 도착한 타이밍에
맞춰

해충들의
주요 거점 100여 곳에
대대적인 살충 작업을
시작했지. 당장 영업장과
연결해봐.

오, 맙소사!
설마…

틱
틱

아… 안 돼!

업장당 서너 명이 배치돼 청소 중이야.

일부는 너희에게 후원을 받고 있는 평의회 의원들에게 보냈고.

그동안 꾸준한 전력 증가로 백경대 인원이 3배 이상 늘어난 덕분이야.

500여 명의 하이퍼 쾅 조직… 그 화력을 상상이나 할 수 있겠어? 네놈들 전부 쓸어버릴 거야.

하여간…

그 개버릇은 여전하네.

!

사람을 벌레 취급하는 그 인성이 어딜 가겠어?

어이, 나 기억해? 실버쾅 사태 때 네게 목숨을 구걸했던.

아…

기억나. 끼리끼리 논다더니… 꼴 보기 싫은 것들이 용케 모였군.

돈으로 8 우주 깡패들을 쓸어 모으니까 눈에 뵈는 게 없냐?

의원들까지 치겠다고? 평의회가 널 가만둘 것 같아?

흐음…

……

흐음… 이라니? 그건 무슨 반응이야?

덕분에 방금 좋은 생각이 났어. 너희를 박멸하는 대로 백경대를 동원해 평의회를 없애버릴 거야!

더 이상 8 우주의 주인에게 딴지를 걸지 못하도록! 그것들 빈 자리는 우리 집 식객들이 다시 채우는 걸로!

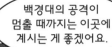

백경대의 공격이 멈출 때까지는 이곳에 계시는 게 좋겠어요.

어르신 일행은… 무사할까?

가우스 님, 공선생님은…?

아, 이런… 당장 모시고 오겠습니다.

……

철저하게 준비된 테러예요!

어서요, 선생! 이제 곧 이곳으로 들이닥칠 겁니다.

당신이 공선생…?

마왕 팀에서 약의 제조와 설비의 총책임을 맡고 있다지?

당신들 누구요? 순찰대인가? 선생은 잘못 없소! 그저 시키는 대로…

잘못 짚었어. 우린 저 양반한테 해를 끼치려는 게 아니야.

그… 그럼…?

일종의 스카우트. 우리 주인께서 당신에게 거절할 수 없는 제안을 주실 겁니다. 갑시다.

64

슈슉

아…

슈슈슉

가우스 팀장…

이… 이런!

……

그런데…

너 이 배은망덕하고 시건방진 놈아!

실버퀵 잡퀑들 살려준 게 누군데 감히 내 인성을 들먹여? 은혜도 잊고…

잊다니? 어떻게 그럴 수가 있겠어?

요즘도 그때만 떠올리면 피가 거꾸로 솟아.

네가 뭔데? 운이 좋아 귀족 집에서 태어난 거 말고 어떤 가치를 가졌는데?

생존을 위해 발버둥쳐본 적 있어? 아니면 네가 누리는 자유를 인정받을 만한 미덕이 있어?

전투 퀑들이 굽신거리니까 뭐라도 된 것 같냐? 한 주먹 거리도 안 되는 찌질이 자식이…

다이크, 듣는 입장에서 속은 후련한데 뭔가 상당한 중압감이…

목숨 구걸하는 사람을 바퀴벌레로 능멸해? 네가 뭔데? 무슨 자격으로?

이… 이봐! 적당히 해! 지금 그런 얘기가 우리한테 무슨 도움이 돼?

65

이름이…

공자라고 했지…?

우연히…
전투 장면을 본 적이 있어. 멋지더군.

소속을 거부하는 블랭크라고 해서 영입 시도조차 하지 않았는데…

누브레의 개인 경호를 맡고 있을 줄이야.

돈으로는 움직이지 않는 사람을 어떻게 설득한 거래?

하지만 일단 저 꼴이 난 걸 보면 당신한테 경호를 맡긴 건

엘의 일생일대 판단 실수인 거지? ㅎㅎㅎㅎㅎ…

자네에게 더 큰 흥미가 생긴 건 쿵 시장에서 공자라는 이름을 언급 안 하는 이유 때문이었어.

본인 스스로 거래의 대상임을 거부한 건… 충분히 이해가 돼.

그런데 공자가 등장 하게 되면 안정된 시장이 요동치게 된다?

블랭크가 시장 가격을 흐릴 거라는 명분 뒤에서 자넬 모두 두려워 하더란 말이지.

대체 어느 정도길래 쿵 딜러들이 돈 앞에서 입을 다무는지…

싸우면 이길 수 있냐는 질문에 백경대 에이스들도 적당히 얼버무리는 반응 이더군.

솔직히 백경대와의 일전을 보고 싶었어. 누가 이길까?

말 만들기 좋아하는 호사가들이 만든 거품일 수도 있잖아?

호기심 채우기엔 상황이 여의치 않아 마음을 접었지.

그러다 지인의 제약회사를 넘겨받게 된 거야.

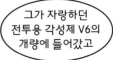

그가 자랑하던 전투용 각성제 V6의 개량에 들어갔고

그렇게 연구를 거듭해 올해 초에 완성된 것이 바로 VX.

1회 복용으로 약 6개월간 내면의 야수를 원할 때 불러낼 수 있게 된 거야.

현재 백경대 전원 이 약을 정기적으로 복용하고 있어. 그게… 무슨 의미인지 알겠나?

뭐야, 비겁하게 약의 힘을 빌리겠다고?

강화 시술 받은 놈 목소리가 너무 커.

어차피 가질 수 없는 화력은 잠재적인 위협,

당연히 우리 쪽 손실을 최소화하는 조건에서 치워야지, 멍청아.

지금 너희 주위를 에워싼 멤버들은 모두 백경대 에이스야.

VX로 각성된 이들의 전투력 앞에서 너희가 얼마나 버틸지 궁금하군.

마지막으로 혹시나 해서 묻는다. 공자, 백경대로 오지 않겠나?

거절할 수 없는 조건을 제시 할게.

아, 거품일지도 모른다면서?

우리 스승님 돈 몇 푼에 팔리는 분 아니란 거 안다면서…

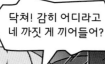

닥쳐! 감히 어디라고 네 까짓 게 끼어들어?

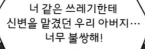

너 같은 쓰레기한테 신변을 맡겼던 우리 아버지… 너무 불쌍해!

틱

테이야!

돈이라면 마약까지 손대는 이 ㄱ잡놈이!

오늘…

넌 반드시 치운다!

인공위성 게오르그 필터 정보 열어!

여기 벌크업들은 제가 한 번에 다 치울 테니까

탁

이사님이야말로 저런 거랑 말 섞지 말아요!

텩

넌 네 일이나 해!

이것들은 나랑 음란마귀 님이 맡는다.

그래, 다이크! 정해진 네 임무에 집중해!

방해 안 되게 최선을 다할게!

오늘…

우리 고산 도련님 버르장머리를 완전히 고쳐놓겠어!

......

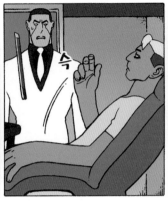

주… 주인님. 아슬린 아씨가 아시게 되면…

그 녀석 주말에 오니까 목요일 저녁까진 괜찮아.

후우우우…

다니엘, 저것들 가루도 남기지 마.

옛썰!

아, 쫌! 잠깐만! 싸우기 전에 도련님이 꼭 알아야 할 세 가지가 있어!

첫째, 내가 전투의 신이 될 수 있었던 이유!

한번 몸이 경험한 압박은 언제든 재현할 수 있는 특성 때문이야!

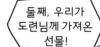

둘째, 우리가 도련님께 가져온 선물!

하지만 그동안 마땅한 접점이 없어서 말이야.

잠시 치워 놨지롱.

재들처럼 번거롭게 때마다 각성제 처먹을 필요가 없다고!

얼마나 애타게 찾고 있었는지 잘 알아.

숙

상황 끝난 뒤 전해드릴게.

그리고 마지막으로…

우리 도련님 요양원으로 쫓겨날 때 꽤나 다급했던 모양이야?

얼마 전 그 분주했던 흔적을 고스란히 발견할 수 있었거든.

!

팡

!

뭐야…?

청소하는 양반들이 별걸 다 버렸더군.

하긴 물건의 쓰임새를 모르는 친구들도 있었을 테니…

그래도 나름 분해해서 버렸던 모양인데…

핵심 부품 하나가 멀쩡하게 버려진 거야. 거기에 음성 변조 레이어를 붙여서 만들어봤어.

그날…
고산가 쓰레기 더미에서

빵봉투 마이크를
주웠거든.

백경대 집합!

팅

100

뭐… 뭐야?
지금 뭐하는
거야?

얘기했잖아요.
오늘…

우리 도련님
버르장머리를 고쳐
놓겠다고.

텅

텅

텅

텅

슈슈슈슈슈슈

슈슈슈슈슈슈

텅

텅

텅

며칠 뒤

@&%$#+)! %&
%@=$! *~%#···

······

필요한 서류는
모두 준비됐습니다.
지금 출발하시죠.

슈슈슈슉

……

처음 뵙겠습니다. 엘가의 상속인입니다.

저희 요청에 동의해 주셔서 진심으로 감사 드립니다.

서류가 많아 서명하기 어려우실 것 같습니다.

대리인에게 맡기신다는 위임장에만 사인하시면 되겠습니다.

흐으음…

아슬린, 대리인으로 나 대신 수고해줘.

난 이만 들어가서 쉴래. 피곤해.

……

아슬린… 내겐 낯설지 않은 이름.

……

아, 여기도 하셔야 합니다.

......

꼴록 꼴록 꼴록 꼴록 꼴록

후우우…

탁

끝났습니다. 수고 많으셨어요.

일단은… 넘겨드립니다만

언젠가 반드시 모두 되찾겠습니다.

아, 뭔가 오해가 있으신 것 같은데요. 서명하신 반환 재산은 원래 엘가의 것입니다.

동의 없는 강제 합병. 그러니 되찾으실 필요 없어요.

아뇨. 되찾을 필요 여부는 저희가 판단해요.

그쪽 입장이나 주장 같은 거 알 바 아닙니다.

......

......

행성 테티스

두 분은 뒤로
물러나세요!

저것들은 제가
처리하겠습니다!

키
히
잉

어디서 굴러먹던
놈들인지 모르겠지만
내 이름을 한 번쯤은
들어봤을 거야!

그런 거
관심 없음!

착

우와앗…!

트르륵

치이잇…!

퉁퉁

퉁퉁퉁

정해진 결말을
두고 발버둥치는 꼴은
늘 안쓰러워.

쩡

쩡쩡

쩡

쩡

아니, 어쩌면
그걸 보려고 이 일을
하는 건지도.

착

그만둬!
이 사람은 놔줘!
너희가 노리는 건
나잖아!

스응

자기야…!

76

끄아아아…!

츠즈즈

……

아파! 이거 놔!

크아앗!

너희… 블랭크네.

아무리 관심이 없어도 내 이름은 들어 봤겠지? 나 가우스다!

허엇…!

가… 가우스…

너희가 의뢰받은 일은 이쯤에서 마무리 한다!

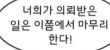

여기다 잔금 받을 계좌 남기고 당장 돌아가. 바로 입금해 줄 테니까.

……

……

……

아, 그럼 혹시…
두 분께 새로운 제안이
들어온 건가요?

그… 그럴 리가요.
이곳 생활에 늘 감사함을
잊지 않고 있어요.
다만…

어르신도 지키지
못한 주제에 이곳에서
대모님이 주시는 혜택을
계속 받기가…

그런 거라면
그만 잊고 제 곁에
남아주세요. 백작님도
공자님의 그런 모습을
원하셨어요.

탁

대모님,
부르셨습니까?

아, 다이크!

가우스 님께
방금 메시지를
받았는데…

우리 같이…

테이 씨 만나러 가지
않을래?

으… 응?

아…

네, 알겠습니다.

맡겨주신 역할에 최선을 다하겠습니다.

응, 자네가 그 양반 빈자리를 메꿔야 돼.

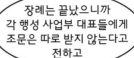

장례는 끝났으니까 각 행성 사업부 대표들에게 조문은 따로 받지 않는다고 전하고

지부별 이사회 바로 소집해서 상반기 실적 보고받고 내게 결과를 알려줘.

엘가 사업부는 조만간 임원들을 전부 물갈이할 거야.

신분 세탁 철저하게 해서 우리 식구들로 전부 꽂아 넣을 수 있게 해.

당분간 백경대 역할은 외부 경호업체에 위탁하고.

쓸데없는 말들이 돌지 않게 신중히. 이만 나가서 일 보게.

차질 없게 진행하겠습니다.

그래… 다음 들어오라고 해.

……

3년?

기존 백경대 수준의 팀을 재구성하는 데 3년이나 걸린다고?

그게 말이 되나? 이 8우주에 인재가 그렇게 없어?

백경대를 잡퀑 소굴로 만들 순 없으니까요.

분통 터져. 기분 같아선 그런 잡퀑들이라도 모아서 당장 놈들을 치고 싶단 말야.

원하시는 퀄리티에는 시간이 필요합니다.

아, 짜증나! 그 마왕 패거리들을 정말 칠 수는 있는 거야?

아직도 선명해! 내 눈앞에서 500명의 머리가 날아가는 장면이!

정말… 그 괴물을 칠 수 있는 거냐고?

괴물이 아니라 강화 시술이 필요했던 일반 잡퀑입니다.

운 좋게 성공한 계략에 지나친 과대평가 이십니다.

퀑 싸움에서 방심하면 얼마든지 일어날 수 있는 일입니다.

제기랄! … 제기랄!

백경대야! 나, 고산의 백경대!

미끼에 걸려 전멸이라니! 이게 있을 수 있는 일이냐고?

백경대는 8우주 화력의 자존심 입니다.

맡겨 주십쇼! 이전 팀의 약점을 보완하겠습니다, 어르신!

전원 새 멤버로 기존 구성원들 간의 낡은 위계가 필요 없는

팀워크에도 능숙한 조직을 만들어 보이겠습니다.

백경대 역사상 가장 강력한 팀을 만들어

실추된 고산가의 명예를 완전히 회복하겠습니다.

우리 대장, 완전 그대로야.

......

......

$%@#&@*&···

......

......

오랜만.

이 쪽은 내 애인.

아···

반갑습니다. 다이크라고 해요.

안녕하세요. 얘기 들었어요. 블랑입니다.

......

......

가이린의 경호원··· 전에 만난 적 있었던 것 같은데··· 누구지?

응? 정말?

끄응…

이것들 왜 아직 답변이 없어?

내가 뭐랬어? 직접 거래하면 안된다니까.

중개인 두면 그놈 입막음하느라 전전긍긍 해야 한다니까!

슈슈슉

그래, 조금만 더 기다려보자.

잔금 액수가 있으니 먹튀는 생각 못 할 거야.

잔금 처리는 끝났습니다.

뭐… 뭐야, 당신?

르르

츠즈즈즈

추르릅

……

이 집안 출신이라면 이 표식의 컵을 모를 리 없겠군.

혐오스럽지 않은 걸로 가져오라고 하셨으니 이게 좋겠어.

ㅎㅎㅎ…
자세한 정황은
조만간 두 분 초대해서
말씀드릴게요.

응, 꼭 불러줘.
놀러갈게.

다이크,
테이 대장께 개인적으로
전할 말 있지 않아?

으… 응…

테이야, 잠시만…

……

죄송합니다. 귀한 분들
오셨는데 대접이 변변치
않아서…

별말씀을요. 그동안
신변의 위협 때문에 마음
고생 많으셨어요.

목숨이 위험한
상황에서도 늘 대장과
함께해주셔서

슈슈슉

친구로서 정말
감사드려요.

대모님,
여기 이거라면 바로
아실 것 같습니다.

아, 수고 많으셨어요.
이제 곧 복귀할게요.

……

......

블랑 씨,

네?

슈슈슉

......

브… 블랑, 이 컵
어디서 난 거야?

아, 그 쿵 경호원
분이 가져온 거야.

가이린 씨가
자기한테 이런 말을
전해달래.

앞으로 더 이상
두 분의 신변이 위협받는
일은 없을 겁니다.

두 분의 친구로서
약속드릴게요.

행여라도 도움이 필요한
상황이 생긴다면 언제든 제 번호로
바로 연락 주세요. 친구로서
최선을 다해 돕겠습니다.

......

다이크, 테이 대장한테 얘기하고 나니까 홀가분해?

......

글쎄… 만감이 교차한다고 해야 하나?

솔직히 말해 테이의 반응이 너무 담담해서… 좀 실망한 것도 사실이야.

......

분명히 중요한 숙제 하나를 끝낸 느낌이긴 한데…

아니야. 애인 앞이라 감정 표현을 자제했을 거야.

테이에게 전할 말을 빌미로 그동안 내 인생을 미뤄왔어.

응?

귀족들의 소모품이 아니라 온전히 내 자신의 주인이 되겠다고 다짐했지만

당장은 쫓기는 신세… 보호받을 곳이 필요했지.

테이를 다시 만날 때까지는 날 쫓아 오는 문제들과 정면으로 부딪치지 않기로 했으니까.

아무리 그래도 그렇지. 8우주의 마지막 도피처인 이곳에서 다시 엘의 수하가 될 줄이야…

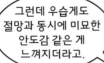
그런데 우습게도 절망과 동시에 미묘한 안도감 같은 게 느껴지더라고.

그간 쫓기면서 많이 지쳐 있었구나, 라고 자위했지만

무의식 중에 안락한 노예의 삶을 그리워했는지도 모르겠어.

그래서 테이와의 재회를 망설이고 있던 건 아닌가 싶어.

결국 역시 난… 어딘가의 부품으로 살다 가게 되려나?

…라는 자괴감을 느끼면서 말이야.

그러다 며칠 전

고산의 백경대를 날려버린 뒤,

ㅍㅎㅎㅎ… 다이크! 이 8 우주에 백경대를 혼자서 쓸어버릴 수 있는 놈이 너 말고 또 있겠냐?

넌 정말 전무후무해! 대체 불가라고!

문득 이사님의 격려에 이런 자각이 들더라고.

그래, 이 세상에 부품이 아닌 존재가 있나? 역할의 위치와 크기만 다를 뿐.

부품인지 아닌지는 무의미했던 거야. 진짜 중요한 건 그래서 내가 어떤 부품이냐는 것.

이사님 말대로 나는 전무후무한 대체 불가한 존재.

그렇게 생각하니까 어떤 희열과 함께 마음이 한결 가벼워지더라.

그래서… 테이를 같이 보자는 네 제안에 별다른 저항이 없었던 것 같아.

가이린, 넌?

응?

엘의 장례 이후, 기분이 어때?

86

......

너처럼
복잡한 심경이었어.

이 사람에
대해서는 극과 극의
감정이 공존
했으니까.

한때 그를 격렬하게
증오했지만 이젠 그에게
고마움을 느껴.

설마 했는데
천문학적인 단위의
유산을 내게 남겨
줬어.

게다가
이제 말 한마디면
신변의 위협으로 오래
고통받던

옛 친구를 바로
구원할 수 있는 힘도
누리게 됐고.

8 우주의
그 누구도 이제 내게
함부로 못 해.

제아무리 그 누가
그의 악덕을 비난해도
난 그를 사랑해.

내게 친절했고
모든 걸 주고 갔어.
나한테 그런 사람…
이제 두 번 다시는
없을 거야.

그래서 그가
곁에 없는 지금…
내 기분은

......

완전 좋아!
캡숑이야!

가이린, 만세!

1년 뒤

하아

하아

87

젠장, 이렇게 도망 다니는 게 의미가 있어?

행성간 이동과 동시에 가짜 동선을 만드니까 놈들이 추적하기 불가능할 겁니다.

그럴 리가.

행성 방위국 위성 정보를 해킹 중이라 당신들 우리 손바닥 안이야.

대표님, 어서 다른 곳으로…

그만! 역시 무의미해.

좋아요. 갑시다!

더 이상 애먼 사람 다치는 일 없게.

츠 즈 즈

역시… 최근 일까지 모두 지워져 있습니다.

동의도 없이 남의 기억을… 대체 뭐 하는 겁니까?

소문대로 철저하시네요.

저희 업계 분위기를 잘 모르시나 본데 고객 보호를 위한 기본 방침이에요.

쿵 딜러들을 이렇게까지 쫓아 다니며 겁박하는 이유가 뭐죠?

듣자 하니… 고산가를 위해 일하신다고요?

제가 누굴 위해 일하든 그게 무슨 상관입니까? 당신들이 무슨 권리로…?

생존권이죠. 백경대가 재결성되면 제1타깃은 바로 우리가 되거든요.

그럼 전쟁이 날 테고 피해는 고스란히 8우주민들 몫이 됩니다.

이 우주의 평화를 위한 처음이자 마지막 경고예요.

백경대 재건에 관여하면 우리의 적이 됩니다. 그게 무슨 의미인지…

이것 보세요! 제가 고산가를 위해 일한다는 근거가 뭐죠? 증거 있습니까?

괜한 지레짐작으로 선량한 사람 협박하는 게 마왕님 방식인가요?

들려오는 명성과는 많이 다르시네요.

아, 그러니까 제 얘기는…

순찰대에게 신고하지 않는 걸 감사히 여기세요. 이만 갑니다.

잠시만요…

슈슈슉

후우우우…

놈들이 쾅 딜러들을 닥치는 대로 떠보고 있다더니… 공작님 예상대로군.

……

좋아. 자네에게 백경대 재건 임무를 맡기지.

보는 눈이 많은 이벤트 선발 방식은 평의회의 견제가 들어올 테고…

자네 방법은 마왕 패거리들의 방해가 뒤따를 거야.

단순 회유의 수준을 넘겠지. 위험해. 그러니 이렇게 하자고.

간추린 후보들과 5년 계약을 맺도록 해.

백경대 연봉 수준의 돈을 그 기간 안에 벌게 해준다는 조건으로.

별다른 이견 없이 서명하는 친구들에 한해서

나와 채무 관계로 얽힌 잔챙이 귀족들에게 적은 돈을 받고 우선 그들의 경호원으로 넘겨.

백경대 멤버 구성이 끝날 때까지 마왕 패거리들의 감시를 피하는

일종의 위탁 관리인 셈이야. 낮은 보수에도 자넬 믿고 따른다면

백경대원에게 필요한 기본 소양 하나를 더 확인하게 되는 거니까

우리에겐 1석 2조지.

......

백경대원 선발 작업은 순조롭게 진행되고 있어.

그런데… 지난 1년간 이 일을 하면서 새로 알게 된 사실,

최근 발견되는 쿵들의 게오르그 파장이 이전 쿵들 것보다 훨씬 격렬하다는 것.

이건 전투 화력이 평균적으로 그만큼 상승했다는 의미다.

아울러 여성 쿵 발생빈도도 가파르게 성장하고 있어.

이건 뭘 의미하는 거지? 일시적인 현상일까? 아니면 8우주에 전에 없던 새로운 변화가…?

......

여기...
지분 포기 각서
입니다.

아, 네...
대모님, 큰 결정
하셨습니다.

정말 후회
없으시겠습니까? 이거
액수가 너무 커서...

마왕님 사업은
저같은 쫄보에겐
너무 버거워요.

무엇보다
고산가에서 되찾은
사업체만으로도 제겐
충분한걸요.

부디 제가
물리적인 도움을
필요로 할 때, 외면하지
말아주세요.

언제든 말씀만 주십쇼.
최선을 다하겠습니다.

네, 감사합니다.
그럼, 또 뵐게요.

슈슈슉

후우우우...

이로써
검은 자본과는 완전히
결별이네요.

마왕 팀 식구들과는
다소 아쉽지만

하시려는
일들을 생각하면 정말
잘하셨어요.

격려 감사해요.

별말씀을요.

대표님, 손님
와 계십니다.

테이야, 이게
얼마만이야?

가이린, 우리
매주 보고 있어.

아, 그랬나?

오늘은
무슨 일로 날
여기까지 불러낸
거야?

응, 일 때문에.
너한테 부탁할 게
있어서.

이사회와
회계팀장들과는
얘기가 끝났어.

복지 타운을
조성할 건데 완공 후
거기 대표를 맡아줘.

복지 타운?

응, 엘가가
그동안 지은 죄값을
갚아나가야지.

마을 전체를
병원과 교육기관으로
가득 채울 거야.

자립과 갱생이
필요한 모든 이들에게
개방하려고.

아…
제안이 고맙긴 한데
난 그런 일에 경험이
없어.

걱정 마.
테이의 부사수들은
전부 경력직으로
채울 거니까.

다른 사업체에서
번 돈을 쓰기만 할 거라
신뢰할 만한 관리자가
필요해.

난 시간을 내서
재능 기부 형태로
참여하려고.

재능 기부?

응, 아이들에게
춤을 가르칠까 해.

물론
통제 안전성은 100%
확보됐습니다.

스쳐 지나가는
농담처럼 하신 말씀
한마디가 아직도 귀에
생생합니다.

그래? 그럼 우리
야심가 형님이 열을 올렸던
가치는 있겠군.

그게 정말 여기
100여 기의 클론을 만든
이유라면…

ㅎㅎㅎ…
좋아, 이 정도
화력이라면 고산과
공유하지 않는

나만의
백경대를 소유하는
셈이 돼.

동의해?

예? 아, 예! 지금
이 화력이라면 기존의
백경대를 능가하고도
남습니다.

백경대가 이놈을
생포하느라 골로 갈 뻔
했다죠?

이른바 태모신교의
지우고 싶은 기억…

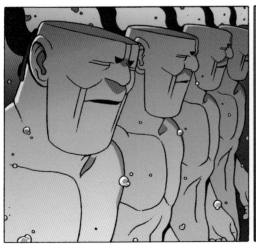

종단 광견,
하데스!

놈의 클론으로
이루어진 또 하나의
백경대라…

93

슈슈슉

그래, 고산은?

ㅎㅎㅎ…
고산을 회복시켜?
과연 데바림의
선택답군.

틀리긴!
우리가 개입하면
되지. 명분은 충분
하더라고.

최근 아슬린 양이
바짝 곁에 붙어 있는 덕에
다시 살아나고 있더군.

그럼…
과부하로 붕괴
직전까지 몰렸던 란의…
그때 계산은 틀린 게
되나?

하데스의 반환을
차일피일 미루더니
100여 기의 클론으로
쿵 부대를 조직해
놨어.

……

그거야 우리도
몰래 하고 있는걸.

고산 제거 명분엔
어르신들도 바로 동의
하실 것 같은데…

정말 막 나가는군.
전투 쿵 복제라니…
평의회가 가장 경계하는
1급 범죄 중 하나잖아.

아, 우리야
자기 통제와 관리가
철저하지만 약물
중독자가 그 화력으로
어떤 도발을 할 줄
알고?

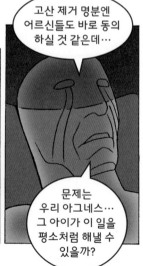

문제는
우리 아그네스…
그 아이가 이 일을
평소처럼 해낼 수
있을까?

후우우우…
더 많은 8 우주민들을
보호하려는 태모님의
뜻을 받습니다.

이것은
종단의 거룩한 소명,
뭇시엘.

간만에 사형
집행 명령,
이번엔 누굴…

틱

……

띠
리
리

예상대로
바로 반응이…

내가 처리할게.

그래, 아그네스 주교.
무슨 일인가?

초… 총무 소장님…

가격이 4배 비싸면 당연히 성능도 그래야지.

아, 내가 정하는 게 아니라고! 고정하는 동안 특정 기억이 눈 앞에 현실처럼 재생될 수도 있어.

놀라지 마. 일시적인 거니까.

왜 2배 빨라진다면서 폭리야? 내가 호구로 보여?

이미 업그레이드 수술비에 충분히 놀라고 있어.

웨엥

다이크…!

다이크?

다이크…

……

뭐야, 누가 내 이름을 그렇게 방정맞게 불러?

......

본인을 나···
다이크로 알고 있던
덴마라는 종단
실험체.

애플의 기밀 누설을
막으려고 고의적으로
일으킨 패싸움···

아, 똥 마려! 이것들아!
나 그냥 여기다 싼다!

녀석과의
첫 대면은 지금도
생생해. 제트가
데려갔지.

여기, 바로
이 녀석이야!

뭐야,
남 고통 받는 게
구경거리냐?

!

......

......

너···
너는···

97

이봐, 너!
네가 우라노의
다이크라고…?

본인을 그렇게
믿고 있다면서?

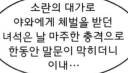

소란의 대가로
야와에게 체벌을 받던
녀석은 날 마주한 충격으로
한동안 말문이 막히더니
이내…

딱
☆딱
딱

어이, 꼬마!

토하기 시작했다.
견디기 힘든
위화감…

우엑

야, 야!
매너 진짜… 머리
저쪽으로!

이런 맙소사…
빌어먹을! 내 본체가
이렇게 멀쩡히 쏘다니고
있을 줄이야.

그럼 난 뭐야…?
이거… 미묘하게 기분
더럽네.

악수라도
청하고 싶지만 지금
보다시피…

!

네가 널 만나는
시점부터 상황이 급진전
될 거라고 했어.

공진기의
두 번째 사용은 또 다른
너의 몫이래.

네 퀑 기술이
발현이 안 될 때,
그때 쓰는 거래.

……

그래, 무슨 일이
일어날지 모르겠지만
지금이 그때인 것
같다.

뭐?

판타 레이!

미라이가
아론 영감을 통해
전했다는 양자 공진기가
작동하자

우우웅

의식 공명 현상이
일어나면서 순식간에
꼬마가 겪었던 모든
일들이

나와 주변에 있던 놈들에게 체감되듯 전달됐어.

콴의 냉장고 내부 기억, 그 둘을 제외한 모든 걸 알 수 있었지.

기억 전달 능력자들의 그것과는 다른 차원의 생생함.

실버퀵에 들어와 리셋되기 전의 기억과

특히 실버퀵 탈출을 위해 누구와 어떤 준비 중이었는지…

야아아웅

그 모든 정보가 전달되는 데는 불과 10여 초도 걸리지 않았다.

이봐, 본체! 귓속말 좀 하자.

뭐하게?

안 물 테니까 이리 와봐.

엉뚱한 짓 하면 애라도 안 봐준다!

쫄지 말고 잘 들어. 지금 내 머리 위턱굴엔 양자 공진기라는 물건이 들어 있다. 질량은 대략 10g 정도.

그걸 꺼내다가…

그렇게 해서 공진기를 머릿속에 넣어야 할 두 번째 타깃은…

저 자식…

제트 저놈, 머리에다 박아.

또 다른 널 네 앞에 데리고 온 바로 그놈이래.

왜…? 목적이 뭔데? 뭘 위해…

어떤 상황으로 전개될지 모르겠지만 그동안 녀석의 태도를 감안해볼 때,

그… 그렇긴 하군.

몰라. 다만 이게 아론 영감을 통해 전달된 미라이의 지령이라는 거야.

안 하면 엄청나게 후회할 것 같지 않아?

어서! 가래떡 등장하기 전에.

뭐… 뭐야, 너? 갑자기 나한테… 빨리 안 빼! 답답하단 말야!

판타 레이라고 외쳐! 호흡이 편해질 거야.

지금 생각하면 그날 이후, 내 인생에서 제트 그 ㄱ자식을 완전히 빼버릴 수 있었다.

그게 아니었다면 지금까지도 놈과 엮여 이용당하고 있었을지 몰라.

미라이의 선물 덕분에 놈이 동료들과 쿵들에게 그간 저질러온 만행이 모두 밝혀졌지.

제기랄! 다이크, 이 ㄱ자식! 이 빌어먹을 장치 좀…

공진기는 수시로 작동했는데 그때마다 주변은 제트에 대한 분노로 차올랐어.

뭐? 사보이 쿵? 죽어, 이 쓰레기!

야와의 시선이 없는 곳에선 틈틈이 집단 구타가 발생했고…

그중엔 살의를 가진 녀석들도 있었으니 지금까지 무사하긴 어려울 거야.

제트 그 자식은 그걸로 됐고, 덴마…

그날, 야와에게 끌려가던 모습이 내가 목격한 마지막이었는데

평의회로 탈출했던 멤버 중에 녀석은 없었다. 역시 놈들에게 폐기… 당한 걸까?

아, 아야!

쏘리! 마지막 볼트를 너무 조였다. 자, 이제 됐으니까…

……

아니, 잠깐만… 이해가 안 돼.

이사가 죽었는데 왜 갑자기 너희 십진회랑 계약 종료야?

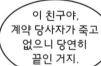

이 친구야, 계약 당사자가 죽고 없으니 당연히 끝인 거지.

아, 글쎄! 그게 무슨 개소리냐고? 내가 이렇게 멀쩡한데 누구 마음대로?

몰랐냐? 우린 고산가가 아니라 이사님 개인과 계약돼 있었어.

그러니까 이제 더 이상 그 끔찍한 관리비 낼 필요가 없게 됐단 말야.

이거야, 원… 지금까지 어떻게 굴러가는지도 몰랐군.

못 믿겠다면 화면 하단, 평의회 연방 은행이 발급한 공증서 확인해.

이… 이런 망할 자식…!

나 몰래 이런 뒷주머니를 몇 개나 차고 있었던 거야?

고인한테는 다소 외람되지만 말이야.

십진회가 그 양반을 얼마나 죽이고 싶었는지 몰라.

우리 약점을 쥐고서 참 꾸준히도 뜯어가셨어.

물론 덕분에 사업체들을 악착같이 지켜내는 법을 배우게 됐지.

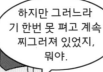

하지만 그러느라 기 한번 못 펴고 계속 찌그러져 있었지, 뭐야.

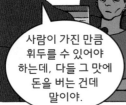

사람이 가진 만큼 휘두를 수 있어야 하는데, 다들 그 맛에 돈을 버는 건데 말이야.

어찌나 매번 남의 살림을 구석구석 빼 가시던지…

매번 볼 때마다 그 낯짝을 완전히 뭉게 버리고 싶었다니까.

간절히 원하면 이 우주가 돕는다더니…

이제야 세상 밖으로 얼굴 좀 내밀게 됐어.

우리 십진회 열 명의 공작들이 지금 가장 설레는 게 뭔 줄 알아?

드디어 이 빌어먹을 계약이 끝난 덕분에 개인 화력을 가질 수 있게 됐다는 거야.

네 백경대 화력을 능가하는 팀을 열 명이 모두 각자 갖는 거다!

앞으로 8우주의 운명은 우리 십진회의 몫이라고!

아, 아그네스…

…주교님, 무슨 일이세요? 연락도 없이 갑자기 이렇게…

죄송합니다. 도련님께 꼭 전해야 할 메시지가 있어요.

당장… 꼭 봬야 해요. 간곡히 부탁드립니다.

아… 알겠습니다. 잠시만 기다려주세요.

뭐야, 대체 얼마나 급한 일이길래…

나가! 당장 꺼지라고!

건방진 놈들 같으니 감히 지금 누구 앞에서…

뭐? 감히? 너 지금 분위기 파악이 안 되는 모양인데

좋아, 네놈의 그 기세가 얼마나 가는지 보자!

등신 같은 게… 제가 잘나서 우리가 굽신거린 줄 알아.

지금까지 고산, 네가 거드름 피울 수 있었던 건 전부 네 사촌형 덕분이었어! 멍청아!

됐어! 우린 분명히 경고했어. 듣는 귀가 없는 건 네 문제니까!

……

……

주교가?
이 시간에?

네, 당장 꼭 봬야
한다고…

뭐야, 이 양반.
얼마나 급하길래
전화 한 통화
없이…

알았어.
들어오시라고 해.

아슬린은
먼저 가서 식사해.

응, 오빠.

……

후우우우우…

……

아무래도
오늘 무슨 날인 것
같네.

방금 말씀은
못 들은 걸로 할게요.
그만 돌아가세요.

도… 도련님! 제발…

당장 하데스 클론들을
폐기하셔야 해요. 그렇게
하지 않으면…

……

……

104

어쩔건데?

…네?

……

어쩔 거냐고요?

……

아니, 주객이
전도돼도 유분수지.

지금 누가 누구한테
이래라저래라야?

너희가 뭔데?
왜? 당신이 내
엄마라도 돼?

아버지한테
덜 뜯어먹은 거
주워 먹으려고 날
찾아오는 거잖아.

도… 도련님…

어서 돌아가요.

아버지가 한때
아끼던 사람한테
더러운 말 하고 싶지
않으니까.

……

아니. 오래전부터
당신한테 하고 싶은
말이 있었어.

나, 당신이 불편해. 몹시.
보고 싶지 않아. 그러니까
이제 다시는 오지
말아요.

……

......

저 얼굴은 왜 여기에 있는 거야?

난들 그 얼굴 보고 싶어 여기 있겠냐?

간다.

공과 사 구분은 해야지. 앉지 그래?

지금 나가면 자자손손 땅을 치며 후회할 거야!

잭팟 터뜨린 우리 친구 이삼이가 할 말 있다잖아.

십진회? 8우주 일진 10명이 모였다는 그 중2병 귀족 모임?

이번에 팍스중공업 대표의 죽음으로

줄곧 고산가의 사업 행태를 주시하고 있던 터라

그 고산가 일개미들은 왜?

발목을 잡던 계약 관계가 모두 끝났다는 거야.

본인들도 각자 백경대 수준의 화력을 갖겠대.

106

각자라니?
너 그럼…

응! 백경대
10개를 꾸리는 일,
전부 내가 맡게
됐어.

제대로 터졌군.
우선 축하해.

땡큐!

근데…
백경대를 욕심낼
정도의 재력이라면서
한 사람에게 그걸
전부 맡긴다고?

10명의 멤버들은
서로에게 동료이자
경쟁자이기도
하니까.

각자 나서면
화력 차이가 분명히
생길 거란 말야. 그걸
경계하는 거지.

서로를 견제하는
의도에서 한 사람의
딜러에게 맡겨

팀 간의 화력
차이를 최대한 줄이려는
거야.

한 팀을
100명으로만 잡아도
대략 천여 명…

일일이 만나
설득하고 훈련까지…
살아생전에 팀 구성
하겠어?

그래서 오늘 여기
두 분을 모신 거야.

팀원 대부분은
문어발식 하도급 형태로
모으면 되는데 문제는
핵심 전력인 톱클래스
하이퍼들…

미안, 이삼아.
난 이미 고산가에…

나는
마왕 팀.

당연히 알고
있어. 그래서 너희에게
제안하는 거야.

각 팀 화력이
큰 차이 없게… 우리
사전 조율하자.

뭐래? 난
최고 퀄리티를 이미
약속했어.

나도,
고산가의 보복에
대비해야 돼.

그러니까!
서로 밀리지 않게! 현재
8 우주 전체에 큥이 늘어
추산 약 100만 명.

107

그중 귀족들이 원하는 레벨의 하이퍼는 대략 6천 명,

다시 거기서 선별된 300여 명의 톱클래스!

백 명으로 팀을 만들 때, 팀의 전력을 결정하는 상위 20명은 톱클래스로 채우고

20%

나머지 80명은 일반 하이퍼 전투 큥으로 메꾸는 시장 관례를 따르자.

우리가 서로 양보해서 각 팀을 2대 8구성비로 맞추자고.

팀 멤버들 간에 그 비율로 화력 차가 생기면 오히려 결속력도 높아져.

특정 팀 화력이 압도적인 우위에 있게 되면 우리만 손해야.

수준이 비슷해야 경쟁도 치열해질 거란 말이지.

우리가 꾸준하게 끼어들 틈을 만들어 놓자고.

이번에 마왕 팀에 발린 백경대 톱틀래스 60명을 제외하면 수치가 딱 맞아떨어져.

남은 톱클래스 240명을 우리 서로 균등하게 나누는 거야.

이 참에 큥 시장을 재편해 보자고!

그거… 나쁘지 않군.

하이퍼 6천 명 중에서 톱클래스로 성장하는 친구들을

매년 추가 공급하는 모양새라면 크게 비난받을 일도 없어. 난 찬성!

……

108

......

......

......

슈, 거울 좀
가져다줄래?

네, 주교님.

슥

......

......

......

언젠가 내가 죽게
되더라도 이 의안만은
꼭 지켜주길 바라.

그런 상황은 생각하고 싶지 않지만

어쨌든 그 말씀 명심하겠습니다. 그 물건은…

응, 고산가 선대 공작님께서 내게 맡기셨어.

아그네스, 카누 주교가 약속한 대주교들과의 회동이 이루어질 때까지

잠시 이걸 좀 맡아줘. 주교들에게 뺏기지 않도록 조심.

하지만 돌려드릴 기회는 오지 않았지. 내 눈으로 쓰게 될 줄은…

……

……

지도부가 이 사실을 알게 되면 종단은 많이 시끄러워질 거야.

이 눈으로 인간을 보면 감정의 동요가 생겨.

희로애락이란 에고로 덧칠된 인간을 보게 되니까.

주어진 선택 앞에서 따지고 묻다가 괴로워하고 망설이게 되지.

상부의 지령은 옳은 걸까? 타깃을 제거해 결국 더 많은 사람을 구한다는 건 과연 사실일까?

반면에 이 눈으로는 에고가 제거된 인간을 볼 수 있어.

어떤 모습일지 상상이 가니?

아, 근육이나 해골 같은 것도… 보일까요?

ㅎㅎㅎ… 그보다는 깊은 이미지야.

텅 빈 공허…

어쩌면…

이것이 우리가 느끼는 근원적인 불안과 공포의 실체인지도 모르겠어.

이 눈의 원래 주인께도 인간은 이렇게 보였을까?

그건 알 수 없지만 분명한 건 내게 저 암흑은

모든 걸 삼켜버리는 구멍이라는 거야.

마지막 남은 연민의 한 방울까지도. 그게 누구든.

아, 매번 임무 수행 전에 왼눈으로 거울을 보시는 이유가…

감정적인 동요를 없애려고…

……

다녀올게.

고산가, 팍스 중공업

X PAX

콰과광

111

그게 무슨 소리야?

팍스 중앙 단지에 대규모 폭발?

실험 설비동까지 완전히 전소돼서…

하데스 클론… 이 목표였군!

이 광신도들이 아주 대놓고…

제기랄! 지금 백경대가 내 곁에 있었다면…

크흐윽…!

주… 주인님!

흐윽… 흑… 으윽…

아… 아슬린… 아슬린 데려와.

사무장도…

……

하데스는 흔적도 남지 않게 처리했어.

잘했네. 고산 처리와는 별개로 위험 시설은 서둘러 제거해야지.

아그네스는…?

괜한 염려였어.
결기가 있는 녀석이야.
고산가로 출발
했다는군.

아무렴. 그래야지.
고산의 장례는 주교급
대우로 진행할 거야.

공작 계급을
어떻게 예우하는지
후원자들에게
보여야지.

고산이 죽고나면
고산가는…?

그 많은
친인척들이 달려들어
이리저리 찢어 먹을
거야.

그럼 고산이
우리에게 해오던
역할은 앞으로는
누가…?

후보야 널려 있지.
돈 많은 귀족들이
어디 한둘인가?

그중에서도 최근
고산가 울타리에서
벗어난 십진회
멤버들이

우릴 만나고
싶어 한다는군.

현재
이 8우주를 누가
장악했는지 잘 알고 있는
거야.

눈치가 빠른
친구들이니 말이 잘
통할 것 같아. 일단
만나보려고.

……

이… 이게 뭐야?

내 유언장의
일부야.

내가 죽거든
이 집안은 네가 맡아.

마… 말도 안돼!
내가 무슨 자격으로?
가족도 아니고… 이런
조직을 이끌 만한 소양도
없어. 난 이제 겨우…

야, 인마! 가족이 아니라니? 그럼 날 지금까지 뭘로 여긴 거야?

가족이 뭔데? 피만 섞이면 가족이야?

내 중독 치료가 실패하기만을 바라는 그 마귀들이…?

내 죽음만을 간절히 기도하는 그 악귀들이?

내 진짜 가족은 메이헨과 너, 두 사람 뿐이야.

일은 천천히 배워나가면 돼. 나 같은 바보도 할 수 있는 일이라고.

메이헨이 널 도울 거야.

무엇보다 각 사업부 베테랑들이 널 돕도록 세팅돼 있어. 그러니 걱정 마.

친인척이라는 그 악귀들이 끼어들면 이 집안은 1년 안에 공중분해 돼.

그러니 네가 맡아서 명맥을 이어줘.

끼익

……

뭐야?

탕

늦어서 죄송합니다. 업무가 밀려 있어서…

아, 그래. 사무장.

내 유언장 가지고 있지?

예, 물론입니다. 제 임명장에 첨부해 주셨습니다.

내가 후계자를 누구로 정했지?

아, 아슬린 아가씨입니다.

봤지? 내 결정이 즉흥적이지 않다는 거?

고산 오빠…

나 당장 어떻게 되는 거 아니야. 광신도들 때문에 잠시 심장에 압박이 있었어.

혹시나 싶어 미리 얘기해놓는 거야.

앞으로 네가 받는 모든 수업은 후계자 교육이라고 생각해.

걱정 마. 최대한 네 곁에 오래 머물 테니까.

크흑…

……

털썩

아… 아그네스!

왜… 왜 이래? 너 우리가 누군지 잊은 거냐?

......

탕
탕
탕
탕

털썩

......

…뭇시엘!

제 호출이
있을 때까지 그곳에서
평사제로 지내고
계세요.

옛썰!

슈
슈
슈

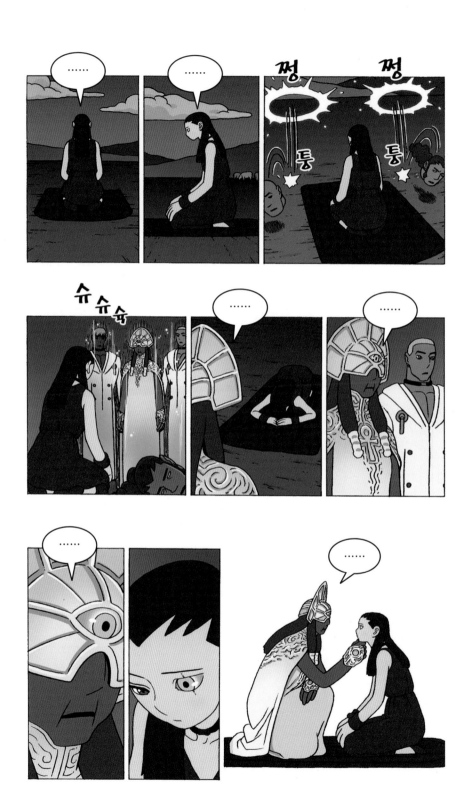

……

이건 어디서 난 거니?

제가 모시던 후원자께 받았습니다.

……

……

죽은 총무들 밖으로 꺼내.

옛썰!

쩌엉

털썩

……

츠츳

츠즈츳

슈슈슈

츠즈즈츳

총무들 숙소의 현장 기억과 자국까지 전부 지웠습니다.

팅

수고했어.

막스!

종단장!

네, 히메바 대주교님!

쓸 만한 대주교 담당 수호사제 두 사람을 당장 내 집무실로!

아, 교체하시는 겁니까?

아니. 증원 요청이야. 맡길 일이 있어.

특히 전투력이 뛰어난 친구들로.

옛썰! 당장 호출하겠습니다.

틱

아그네스!

네, 대주교님.

네가 저지른 일의 심각성을 누구보다도 잘 알 테지만…

실은 네 예상보다도 훨씬 더 큰일이야.

동, 서방 교회 분쟁 재점화의 트리거가 될 수 있어.

그간 종단 통합을 위한 모든 노력이 물거품이 될 거라고.

이 불씨를 꺼트려야 해. 총무 소장 둘은 실종 처리할 거야.

넌 일상으로 돌아가 평소처럼 지내.

한동안 시끄럽겠지만 동요 없이 어떤 단서도 내뱉지 않으면

이내 조용해질 거야. 그때까지 네 처벌을 유예한다. 그나마 다행인 건

네 행위가 지나치게 상식을 벗어난 것이어서

실종 조사가 상당히 겉돌 거란 거야. 다만…

저쪽 교회에도 감찰 대상이 될 수 없는 주교의 권리를 이용해

너와 같은 일을 하는 친구들이 몇 있다는 것!

그 녀석들이 실종 사건 조사에 끼어들게 되면

반드시 널 찾아올 거야. 그러니 그때를 대비해야 돼.

이만 복귀하지.

예, 모시겠습니다.

슈슈슉

뭇시엘…!

아, 이 친구들인가?

지금부터 너희 두 사람은 여기 아그네스 주교를 모신다.

매일 주교님 일과를 빠짐없이 내게 보고하도록!

네, 대주교님!

……

A.E.

후우우…
꽤나 긴장되네.

ㅎㅎㅎ…
당연하죠,
이사 님.

이사…!

이사…

……

이거…
이거 가져가!

뭔데?

이게 제일 먼저
그리울 거야.

늘 먹던 때 걸로
따왔어.

잘 지내고
연락 자주 해!
놀러 갈게!

슈슈슉

잘 지내.

……

역시…
놀러 가는 건 많이
어렵겠지?

응, 신궁엔
태모님 허락 없이는
안 되지.

......

유다, 너 지금 이사가 엄청 부럽진 않냐?

뭐래? 사람마다 자신에게 맞는 삶의 모양새가 있다는 거 안 배웠어?

다만 늘 곁에 있던 녀석을 이제는 자주 볼 수 없게 됐다는 게…

그게 좀 아쉬울 뿐이야.

에효, 이사가 우리 유다 마음만 같으면 좋으련만.

그 녀석 후련하다는 듯이 가버렸어.

또 시작이다! 또!

하여튼 틈만 나면 나랑 이사 사이를 이간질 한다니까. 대체 왜 그래? 누가 시켰어?

야, 솔직히 너도 느끼잖아! 이사 그 자식…

아, 닥치라고!

하여간 제 형제라고 무조건 감싸고만 돌아요. 멍청이가.

이사한테 신궁 초대장 오면 넌 안 데리고 갈 거야.

이건… 이사 님 숙소에 가져다 놓을까요?

버려! 짐만 돼. 그런 걸 누가 먹는다고…

흠! 흠!

태모님…

들여보내.

……

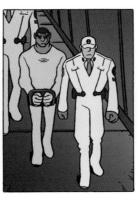

도대체 누가 그런
엄청난 보석금을…?

직접 확인해.
돈을 내기 전에
자네와 협상할 게
있다더군.

저분이야.

……

여어, 이게
얼마만이야?

우리 발락 국장님,
잘 지내셨나?

......

뭐요?

사적인 용무는
아니니까 긴장 풀어.
그랬다면 자네 머린
벌써 뚫렸어.

긴장…? 본인한테
하는 얘기인가 보네.
안심해요. 이렇게 묶여
있으니까.

안 그랬으면
그 주둥이 벌써
아작 났겠지.

......

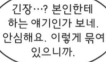

까득

여기서
나가는 대가로 자네에게
주어지는 임무야.

쌍둥이 형인 유다를
설득해서 우리가 지정한
장소로 데려오면 돼.

......

콱

텅

텅

무슨 짓이야?
그만둬!

네 입에서
그 이름이 왜 나와?
우리라니? 누굴
말하는 거냐?

125

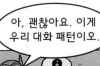

아, 괜찮아요. 이게 우리 대화 패턴이오.

간만에 만나니 반가워서 그래. 그 친구 놔줘요. 이제 대화 시작이니까.

저… 정말 괜찮겠습니까?

내가 책임질 테니 물러나주세요.

그래, 먼저 얘기할 것들이 있겠군.

내가 말한 우리란 너한테 쌍둥이를 맡기셨던 분…

개소리. 소천하신 지 꽤 됐어.

응, 그 분의 뜻을 따르는 무리를 말하는 거야. 나도 거기 일원이고.

……

개수작하지 마. 그런 액수의 보석금 지불은 반드시 종단 회계에 걸려.

그럼 끝이야. 누굴 바보로 알아? 당신 뒤통수 내가 친 거 잊었어? 무슨 꿍꿍이야?

아무렴. 돈은 당연히 외부의 후원이지, 멍청아.

우주 역병 치료제 개발 이후 8우주 귀족들이 종단으로 몰려 들었잖아.

어떻게든 수익사업에 숟가락 얹겠다고 말이야.

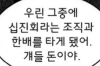

우린 그중에 십진회라는 조직과 한배를 타게 됐어. 걔들 돈이야.

126

그래, 어떻게 보면 참 얄궂은 거야.

학수고대하던 조슈아의 환생체가 쌍둥이라는 사실 말이야.

아니, 그럼 누가 보더라도 동서로 분할된 종단 체제를 염두에 둔 결과인 거잖아.

그런데 둘 중 더 우수한 쪽을 선택하라는 계시라고 억지를 부리니…

문제는 종단 통합론 지지자들의 이 생떼에 과반수 이상이 동의한다는 거야.

더 우월한 신이라니? 미친 거 아니야? 이러니 광신도 소릴 듣는 거라고.

조슈아의 재림 이벤트가 이제 몇 년 안 남았어.

서둘러 판세를 뒤집지 않으면 종단은 엉뚱한 길로 갈 거야.

내부 견제 없는 절대 권력은 반드시 큰 문제를 일으켜.

그게 종단이 동서로 분할돼 건강한 긴장을 유지해야 하는 이유라고.

그래서 쌍둥이로 오신 거란 말이야. 그런데 빌어먹을 원리주의 망령들이

태모님의 판단을 흐트러뜨려 한쪽만 선택하려 하지.

그리고는 왕이 둘이 될 수는 없다고 덧붙여.

그게 무슨 의미인지는 누구라고 바로 알 거야.

쌍둥이에게 절대적인 신뢰를 얻은 네가 나서야 돼. 유다를 설득해서 우리에게 데려와.

네가 움직이지 않으면 그 아이는 곧 제거된다.

와, 이 와인을 구해 오다니…

대단해. 고생했어. 이거면 오늘 종단 담당 확실히 잡겠다.

뭐가 됐든 이 8우주에 존재만 한다면 우리 지로가 다 찾아내는군.

잘 다녀와요.

……

아니, 몇 해 전까지 우리 물건 받겠다고 굽신 거리던 놈들한테

이젠 그런 것까지 구해다 바쳐요?

발표하는 의료국 신약마다 대박이니

우리가 대주던 물건을 아예 자가생산 할까 한다잖아. 그건 막아야지.

VIP 고객 중 하나를 잃는 수준의 문제가 아니야.

시장의 판도가 바뀔 거라고.

그러니 이 정도 정성은…

아, 됐어. 내가 그 양반까지 왜 챙겨? 너희끼리 다녀와.

그러니까 나까지 낄 필요 뭐 있냐고.

적당히 마셔요. 내일 대모님 생일인 거 알죠?

뭐야, 마왕님 내외도 참석하는데.

슈슈

실컷 마시다 뻗을 거야. 안부나 전해.

어째 저 양반 가이린과는 꾸준히 거리를 두는걸…

!

……

뭐야, 이 자식… 아직 살아 있었네.

티 티 딕

……

예, 다이크 팀장.

무슨 일입니까? 직접 전화를 다 주시고.

이번 회기 전력 지원자 중에… 이놈은 거부 합니다.

예? 혹시 실례가 안 된다면 이유를…

우리가 이놈을 고용했다간 당신 평판만 나빠질 거야.

아… 알겠습니다. 말씀하신 대로 처리 할게요.

뫼 BAR

……

이유가 뭐요? 호언장담했잖아.

결정은 지도부 소관이라…

염병! 그딴 패거리에 자리 하나 못 만들면서… 당신 허위 광고로 신고할 거야!

아, 예. 지도부 판단이 정확하네요. 그럼 건투를 빕니다, 제트 씨.

129

생일 축하드립니다, 대모님.

매해 귀한 시간 내주셔서 감사해요, 사모님.

사업 번창 축하드립니다.

이 모두가 어르신 덕분인걸요. 보살핌 늘 고맙습니다.

다이크 팀장!

생일 축하드려요, 대모님.

이사님은 일정 때문에 와인 선물로 대신하신대요.

아, 축하 메시지 먼저 주셨어요.

어? 이거 최근에 8우주 게시판을 뜨겁게 달군…

네, 바로 그 와인입니다.

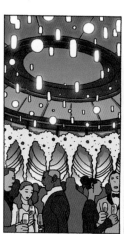

……

이거 꽤 부담되네. 이런 선물을 받았으니 이사님 생신 땐 뭘로 보답하지?

글쎄… 이거 소문에 비하면 뭐 그냥저냥…

131

요즘 대모님 사업 수완이 빛을 발한다며?

......

수완은 무슨… 모두 직원들 덕분이지.

......

사람이 서 있는 위치에 따라 다른 풍경이 보인다더니…

당연한 얘기지. 왜? 요즘 감회가 새로워?

응…

너도 알다시피 나 귀족들을 많이 미워했었잖아.

꼭 그들을 짓밟아서 내가 당한 모욕을 되갚겠다고까지 했었어.

근데…

막상 그들과 일로 어울려보니 많이 다르더라.

여전히 그들 이미지에 똥칠하는 녀석들이 있는 건 사실이야.

하지만 존경할 만한 좋은 사람들이 훨씬 더 많다는 걸 알게 됐어.

무희 시절에 내가 가지고 있던 계급에 대한 분노는 큰 착각이었던 것 같아.

귀족들이 나쁜 게 아니라 나쁜 귀족들도 있었던 거야.

서민 중에도 약자의 탈을 쓴 악당들이 있는 것처럼.

넌 명료하게 보여서 좋겠다. 난 헷갈려.

응?

우리 회사에도 좋은 놈들이 많거든.

근데 그게 말이 돼? 우리가 좋은 놈들일 리가 없잖아.

그런데도 괜찮은 녀석들이 꽤 있다니까.

ㅎㅎㅎㅎㅎ… 뭐야, 그게…

……

팅

자기야, 난 먼저 들어갈게. 놀다 와.

응? 그럴래? 알았어. 먼저 자.

슈슈

고마워요.

평안한 시간 되세요.

틱틱

……

1억 바트에 이 일을 맡겠다는 답변이 접수돼 타깃의 신변 정보를 넘겼습니다.

일 처리 뒤 다시 메시지 남기겠습니다. 잔금은 그때 주시면 됩니다.

슈슈

휘청

지로…

지로 어딨어?

텅

야, 인마!

아, 술 냄새…
설마… 지금까지
마셨소?

아, 일 안 합니까?
직원들 앞에서 그게
무슨 꼴이에요?

헤헤…

너한테…
할 말 있다.

며칠 뒤

……

……

가이린 대모를
해치려 한다고요?
누가…

다크웹
블록 라인 거래라
의뢰인까지 알 수는
없대.

134

틀림없어. 십진회 멤버 중 하나일 거야.
아주 공공연하게 대모의 약진을 시샘하고 다닌다더군.
블랭크들에게 사주한 건가?
그랬다면 일이 성사되기도 전에 저한테 박살 났을 겁니다.
후배들 말로는 신생 업체인데 꽤나 집요하대요.
점조직 형태로 운영돼 우두머리 찾기도 힘들고요.
현재 대모님은 의뢰 진행 중 항목에 있다고 하니
이미 살인 청부업자가 움직이고 있는 겁니다.
그 점조직들을 전부 제거하지 않으면 계속 위험에 노출된 상태로…
응, 그보다는 단서를 잡아 의뢰인을 찾는 게 더 빠르겠어.
……
1년간 뵐 수 없어 많이 아쉽지만
공자님 작품을 내년에 볼 수 있다니 너무 기대돼요.
배려에 다시 한번 감사드립니다. 마련해주신 거처에서 원껏 쓰다가 오겠습니다.
대모님 안부는 매주 제가 대신 여쭐게요.

네, 온전히 글쓰기에 집중하시고 두 분 편히 지내다 오세요.

슈슈

감사합니다. 내년에 뵐게요.

......

!

어... 엇...

철벅

꺄아아...

중력 곱하기!

퍽

안녕! 잘 가요, 가이린 씨!

당신이 이렇게 갑자기 추락사한 이유는 저승에서 듣도록 해!

자, 봅시다. 높아요.
떨어졌어요.

……

충돌 충격 때문에
두 사람이 멀쩡할 리 없죠.
최소 사망입니다.

그런데
그 충격에너지를
순간적으로 고스란히
옮겨버립니다.

그럼 그 에너지는
어디로 갔을까요?

파앙

뭐가? 바로
이 팔이.

바로 여기.
이 주먹에.

터엉

커헉…!

!

괜찮아요?

크윽…
가늠했던 것보다
훨씬 더 큰 충격, 단순한
위치에너지가 운동
에너지로 바뀐 게
아니었어.

어떠세요, 대모님?

아, 전 약간의 내상을 입었을 뿐. 괜찮습니다.

다이크…?

저희는 덕분에 멀쩡해요. 가우스 님은요?

누나… 피 쏟아지고 있어.

짜악

아냐, 너 다이크 맞지?

……

맙소사… 내가 가이린을 해친다던 예언이 이런 거였나?

왜? 스타일이 바뀌니까 바로 못 알아 보겠어? 나야, 나!

뭐야, 아는 사이야?

입사 지원 거절이 이런 상황으로 연결 될 줄은…

네가 어떤 사연으로 여기 있는지는 모르겠지만 아주 잘됐어. 널 무척 보고 싶었거든.

G 해머!

터엉

이전과는 많이 다를 거야.

요즘 개나 소나 받는다는 강화 시술 덕분이지.

그런 건 어림
반 푼 어치도 없어.

공자님!

그래,
뭐라도 불러! 이젠
누가 오든, 몇 놈이 오든
관계없으니까!

크흐윽…
치… 친구야!

우리 인사는…
이 정도로 끝내고
대화를 좀…

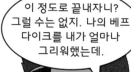

이 정도로 끝내자니?
그럴 수는 없지. 나의 베프
다이크를 내가 얼마나
그리워했는데.

반가움은 이제부터
시작이야. 널 있는 힘껏
반겨줄 거야. 뼈가
부서지도록.

슈슉

공자님…!

대모님…!

뭐야,
어딜…!

터엉

까아아아…

크흐윽… 내상 때문에 꼼짝을 못하겠어!

순간이동도… 다른 기술도…

쓸 수가 없지! 퀑 기술은 바뀐 중력에 몸이 적응해야 가능해.

물론 그럴 일은 없어. 그 전에 끝날 테니까.

이… 이봐요! 날 해치려는 이유가 뭐죠? 누구의 사주예요?

난 누구한테 원한을 살 만한 일은 하지 않았다고요.

그거야 당신 입장이고, 가이린 씨!

실은 내 의뢰인이 당신을 치우기 전에 꼭 전하라는 메시지가 있었어.

당신이 이렇게 끝나는 건

분위기 파악 못 하고 설치고 다녀서래.

돈 많은 멍청이 잘 구슬려서 강탈한 유산으로 자신의 능력인 양 거들먹 거리며

혼자 도도한 척 은근히 사람 무시하는 태도를 더 이상은 못 참겠다더군.

ㅎㅎㅎㅎㅎ…

!

숙

뭔데? 그게 대체 무슨 심보야?

워어어… 좀 하시네. 타갈족도 못 버틸 중력을…

하긴 언제나 이런 상황에서 님처럼 나대는 인간들이 있지.

일어나는 모양새를 보니 님은 바로 최고치로 가는 게 좋겠어!

골격과 내장이 바로 박살 나 죽게 돼 고통이 짧은 이점은 있겠군. 잘 가셔!

그러길래 그게 무슨 심보인지를 왜 궁금해해?

주제넘게 거들먹 거리지 말라잖아. 무슨 소린지 몰라?

그러니까…

그게 대체 무슨 말이냐고?

설치고 다닌다니?

그거… 의뢰인 본인이 우리 대모님보다 우위에 있다는 전제잖아.

그런 서열… 누가 정했는데?

동의는 구했어?

대모님, 그런 관계 맺은 적 있어요?

아뇨, 없어요! 8우주 그 누구에게도!

이런 대화 질색이야! 머리 아픈 소리 짜증 난다고!

G해머 기술의 한계치다! 가만히 찌그러져 있을 것이지

왜 일어나 따지고 물어? 별것도 아닌 게!

커허억…!

잡아 왔어요.

......

......

야, 말 좀 가려서 해. 데려오다라는 표현도 있잖아.

누가 들으면 우리가 사람을 납치라도 한 줄 알겠다.

......

......

사… 살려주세요! 그분이 먼저 놀자고 했어요.

전 다만…

......

미안합니다. 갑자기 엉뚱한 곳에 오게 돼서 많이 놀랐죠?

에드레이 씨한테 부탁할 게 있어요.

'생면부지인 너희들을 내가 왜 도와야 돼?'라는 의문이 들 수 있어요.

저희가 대화로 사람을 설득하는 방법은 잘 몰라서요.

이렇게 다짜고짜 에드레이 씨께 도움을 요청합니다.

아… 저… 저는 평소 제가 할 수 있는 일이라면

최선을 다해 돕는 태도로 주변의 찬사를 받고 있답니다.

듣던 대로 얘기가 잘 통하는 분이네.

소통의 달인으로도 불려요. 근데…

저에 관해서는 누구한테 들으셨는지…?

아, 거래처 담당들에게서요. 술자리에서.

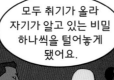

모두 취기가 올라 자기가 알고 있는 비밀 하나씩을 털어놓게 됐어요.

자신이 모시던 상사의 파일을 정리하다 알게 됐대요.

조직의 기밀을 다루던 고위 간부라 재밌는 얘기가 꽤 많았다는데

그중에 종단의 대응 방식이 인상적이었던 경우라며

에드레이 씨에 관해 들려줬죠.

님의 큥 기술을 활용할 만한 일이 있어 사전 양해 없이 이렇게 모시게 됐습니다.

탁

……

지금부터 제가 어떤 기억 이미지를 전달해 드릴 거예요.

거기엔 팬티 차림의 뿔 달린 놈이 나올 겁니다.

제가 님의 어깨를 꽈악 누르면 그때, 녀석의 낭심을 있는 힘껏 가격하면 됩니다.

……

144

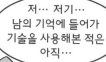

저… 저기…
남의 기억에 들어가
기술을 사용해본 적은
아직…

아…

자, 그럼
시작합니다.

속

츠즈즈

!

그럴 거라고
하더군요. 본인조차
활용 범위를 다 알진
못한다고.

긴장하지 마세요.
이미지 몰입을 위해
잠시 빛을 차단하는
거니까.

아, 이런…
깜빡했네.

왜요?

종단에선
외부 개입으로부터
에드레이 씨를 통제,
관리하려고 고민이
많았대.

만일을 대비해
살려두는 대신 가장
효율적이고 안전한
방법을 찾았는데

숙고 끝에
그냥 무심한 듯
일상으로 돌려보냈다는
거야. 등잔 밑이
어둡다는 논리지.

뭐…
기밀만 지켜진다면
나쁘지 않은 방법.
대신…

종단 위성으로
이 양반의 게오르그
파장을 관찰하는
걸로.

그러니
행성 간 위성끼리 정보를
공유한다면 우릴 바로
찾을 수도 있겠는걸.

슈슈슈슈

젠장…

145

8 우주민
등록 명단에서는
확인 불가…

납치범들
이미지 전송할 테니
신원 확인 바람.

셋 셀 동안
그 사람 이쪽으로 돌려
보내지 않으면…

아니야.
신상은 나중에 알아도
충분해.

우선은
상황 정리가
먼저.

내 말의 의미를
알아채기 전에…

아다닷!

어이, 내가
당신들이라면
신원 확인될 때까지
기다리겠어.

너희가
누군지보다 우리가
어떤 수준의 전투
컹인지 아는 게
더 중요할 것
같은데?

후회하기엔
너무 늦어버릴 수
있잖아.

우리가
나서는 걸 영광으로
알아라.

……

이거 꽤나 소란스러워질 것 같은데…

티
러
링

……

모두… 종단 측 술자리 멤버군.

뭐예요? 전화 받으시게?

티
디
딕

아, 내 입장은 밝혀야지.

이… 이사님!

대체 어떻게 된 겁니까? 제가 들은 게 사실 입니까?

이런 법이 어딨어요? 사석에서 종단 기밀 이야기를 꺼낸 건

그만큼 이사님을 믿었기 때문인데 그걸 이렇게 이용하시면…

아, 이 친구 왜 이래? 자네 아직도 술이 덜 깼나? 이거 장난이 너무 심해.

그 친구 당장 돌려보내고 같이 해장술이나 한잔하지. 이번에는 내가 거하게 쏠게.

아… 알았다! 알겠어! 롯 이사의 돌발 행동…

먼저 가신 애인님 때문이지? 맞지? 맞아! 바로 그거야!

맙소사, 정말 그 때문에? 뭐야, 사춘기 소년도 아니고…

좋아, 과거를 완전히 잊어버릴 만한 사람들로 하루에 한 명씩, 한 달간 소개시켜줄게.

자네 심정이 납득은 가네만 그건 신의 영역을 건드는 것이라고.

자네 뜻대로 되면…? 그럼 이후에 사랑하는 사람이 다시 죽지 않는다는 보장 있나?

자넨 어떻고? 과거를 매듭지어야 오늘과 내일이 있지.

지금까지 자네가 축적한 그 막대한 재산은 또 어쩔 건가?

자넨 그렇다 치고 그럼 난…? 내가 종단에서 이뤄낸 성과는?

무엇보다 우리가 다시 이렇게 모일 수 있을까? 난 이 멤버쉽, 당신들이 좋다고!

이건 단순한 개인의 문제가 아니라고요! 우린 서로 얽힌 존재란 걸 잘 아시잖아요!

인과율 축을 틀어버리면 상상도 못 한 최악의 결과가 생길 수 있어요!

이사님, 뭐라고 대꾸 좀 해요! 정말로 이 8우주가 붕괴될 수도 있다니까요!

……

……

그러든가 말든가.

짝

A.E.

아…

예, 알겠습니다.
의장님께 그렇게
전하겠습니다.

또 뵙겠습니다.
살펴 가세요.

……

이거야, 원…
어쩌다 평의회의 위상이
이렇게까지…

평의회장이
정책 결정을 사이비 집단
관리자들과 조율해야
한다는 게 말이 돼?

요즘은 사람들이
사이비라는 표현도
쓰지 않는 것
같아요.

의료국 백신
혜택을 입은 이들의
간증으로 신도 수도
엄청 늘었대요.

응, 바뀐 분위기의
대표적인 이슈가 바로
교차공간 코어
소유 문제.

대립각은 사라지고
오히려 평의회가 종단에
기술 공유를 요청하고
있으니…

저도 이참에
개종할까 봐요.

뭣시… 헬!

150

……

대주교님도 분명히 보셨잖아요.

저희 화의를 거절하는 건 매번 고산입니다.

말씀대로 한때 한배를 탔었죠. 정확히는 저희가 세 들어 있었죠.

근데 놈은 그걸 주종관계였다고 착각하고 있는 거예요. 저희는 그 오만방자함에 분통이 터지는 겁니다.

어째서 매번 약물 중독자의 헛소리만 들으시고

충돌이 생길 때마다 저희만 질책하십니까?

십진회가 종단에 쏟아붓고 있는 정성 잘 아시면서…

오, 이런… 중재 의도가 그렇게 느껴지셨다면 정말 송구합니다.

아무렴 저희가 공작님들의 헌신을 모를 리 있겠습니까?

계파를 불문하고 현재 종단에 가장 중요한 파트너 중 한 팀인걸요.

유다의 안전과 보호를 위해서도 많은 신경 쓰시는 거 잘 알고 있습니다.

……

그… 그… 그건… 저희 같은 외부인들이 종단 속사정까지…

어… 어떻게 알 수 있겠습니까? 동쪽이든 서쪽이든 태모님께만 가면 되는 거잖아요.

아… 아무튼 대주교님 말씀대로 이번에도 저희 경호대가 철수하겠습니다.

하지만 다음에 또 이런 일이 생긴다면 그땐 고산에게 직접 책임을 묻겠습니다.

염병할!
유다 이야기를
꺼낼 줄이야…

오늘로서
분명해졌군.

사사건건
십진회의 발목을 잡는
고산을 치려면

아그네스 대주교부터
정리해야겠어. 포섭을
하든지 아니면…

후우우…
오전 일정만으로도
진이 다 빠지는군.

중재 결과는
고산가에 바로
알렸습니다.

잘했어.
보자… 또
중요한 일이…

아, 덴마 군의 출항이
오늘이지?

슉

냐항! 주인님!

덴마
주인님!

응?

…셀?

153

잘 들어! 전사체 같은 거 이제 나한텐 안 통해!

내 목을 날리겠다는 식의 협박 같은 거 어림없다고!

그래, 그렇게 까불다가 몇 놈 전사체들한테 맞아 죽었지.

닥쳐! 내가 아직도 그런 헛소리에 질질 짜던 꼬맹이로 보이냐?

냐하냐! 이동하는 동안 식사 준비 할게요.

메뉴는 스파게티! 토마토? 크림?

토마토!

크림이지! 닭고기 넣어서!

고기…? 육식 금지 기간을 어기면 벌금이 얼마더라?

부탁이야. 못 들은 걸로 해줘.

…같은 소리 하고 자빠졌네! 남이사 뭘 먹든! 당장 나가!

님이나! 넌 해고야!

홍!

그래, 이브까지 개조해서 날 철저히 감시한다 이거지?

너희가 모르는 게 있어. 이런 경우를 대비해 나라고 준비가 없었겠어?

이번에는 기필코 성공한다. 외우주라면 충분히 가능해.

반드시… 이 사이비 광신도들의 손아귀에서 완전히 벗어나겠어!

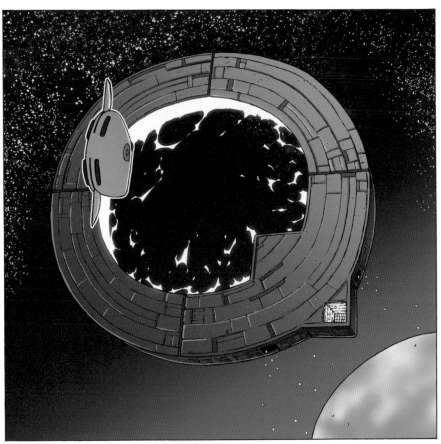

마침.

——— 후기 ———

연재 기간 동안 함께해주신 덴경대 여러분께
고개 숙여 진심으로 감사드립니다.
10년이라는 시간이 이렇게 지날 줄 몰랐네요.
그간 만화 창작 환경에 많은 변화가 있었습니다.
무엇보다 더 많은 사람들이 웹툰 작가를 꿈꾸게 됐어요.
한층 치열해진 분위기가 너무 좋습니다.
언제나 전력을 다하는 동료들에게서 많이 배우고 있습니다.
이번 마무리를 도약의 발판으로 삼고 싶습니다.
꾸준히 응원을 보내주셨던 모든 분들께
다시 한 번 감사의 말씀 올립니다.
감사합니다. 사랑합니다.
덴큐!

양영순 올림

2020.
양영순 dream.

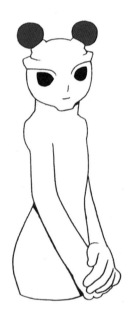

DENMA 19

© 양영순, 2020

초판 1쇄 인쇄일 2020년 5월 21일
초판 1쇄 발행일 2020년 5월 28일

지은이   양영순
채색   홍승희
펴낸이   정은영
편집   고은주 정사라 문진아

펴낸곳   ㈜자음과모음
출판등록   2001년 11월 28일 제2001-000259호
주소   (04047) 서울시 마포구 양화로6길 49
전화   편집부 (02)324-2347, 경영지원부 (02)325-6047
팩스   편집부 (02)324-2348, 경영지원부 (02)2648-1311
E-mail   neofiction@jamobook.com

ISBN 979-11-5740-336-3 (04810)
       979-11-5740-100-0 (set)

이 책에 실린 내용은 2019년 9월 12일부터 2019년 12월 29일까지 네이버웹툰을 통해 연재됐습니다.